FRAG MEN TOS

SOBRE O QUE
SE ESCREVE
DE UMA
PSICANÁLISE

LUCIANA K. P. SALUM

FRAGMENTOS
SOBRE O QUE SE ESCREVE DE UMA PSICANÁLISE

APRESENTAÇÃO
CHRISTIAN INGO LENZ DUNKER

ILUMINURAS

Copyright © 2016
Luciana K. P. Salum

Copyright © desta edição
Editora Iluminuras Ltda.

Capa e projeto gráfico
Eder Cardoso / Iluminuras

Fotos da autora
Tainá Frota

Ilustrações
Gabriela Nóe

Revisão
Bruno D'Abruzzo

CIP-BRASIL. CATALOGAÇÃO NA PUBLICAÇÃO
SINDICATO NACIONAL DOS EDITORES DE LIVROS, RJ
S172f

    Salum, Luciana K. P.
        Fragmentos : sobre o que se escreve de uma psicanálise / Luciana K. P. Salum. - 1. ed., - São Paulo : Iluminuras, 2016.
        160 p. ; 23 cm.

    ISBN 978-85-7321-507-6

    1. Psicanálise. I. Título.

16-33918
CDD: 150.1952
CDU: 159.964.2

2018
EDITORA ILUMINURAS LTDA.
Rua Inácio Pereira da Rocha, 389 - 05432-011 - São Paulo - SP - Brasil
Tel./Fax: 55 11 3031-6161
iluminuras@iluminuras.com.br
www.iluminuras.com.br

Para Lucila, minha irmã.

SUMÁRIO

Caso Clínico e Caso Literário, 11
Christian Ingo Lenz Dunker

NOTA AO LEITOR
1. O PRELIMINAR DE UM PERCURSO, 21
2. "É de mim agora que devo falar, que seja com a linguagem deles, será um começo, um passo rumo ao silêncio, rumo ao fim da loucura...", 22

INTRODUÇÃO
1. A ESCOLHER PALAVRAS, 27
2. A ESCRITA DA ESCRITURA, 29

PARTE I
AUTORIA

1. AUTOBIOGRAFIA, 35
2. ENTRE OUTROS ESCRITORES, 40
2.1. "O livro de caracteres figurados, não traçados por nós, é o nosso único livro.", 41
2.2. "Não meu, não meu é quando escrevo.", 43
3. SOBRE A DUPLICIDADE, 44
4. O estilo "é a 'coisa' do escritor, seu esplendor e sua prisão, é a sua solidão.", 47
5. *"Nada tenho a dizer a você,* senão que este nada é a você que o digo.", 50

PARTE II
ESCRITA

1. *"Nil Sapientiae odiosius acumine nimio."*, 57
2. UM BREVE PASSEIO ENTRE LINGUÍSTICA
E PSICANÁLISE, 61
3. LACAN ENCONTRA BARTHES, 66
4. UM JANTAR (À LUZ DE VELAS) COM ROLAND BARTHES, 68
5. "Declaro: de agora em diante, toda linguagem
analítica deve ser poética.", 71

CONCLUSÃO

1. "O que eu quis dizer, não podia dizê-lo
melhor do que escrevendo.", 77
POST-SCRIPTUM, 79

REFERÊNCIAS BIBLIOGRÁFICAS, 80

SOBRE A AUTORA, 83

"Meu caro amigo,
Estou lhe remetendo um pequeno trabalho do qual não se
poderia dizer sem injustiça que não tem pé nem cabeça,
já que, pelo contrário, tudo nele é ao mesmo
tempo cabeça e pé, alternados e reciprocamente."

(Baudelaire)

CASO CLÍNICO E CASO LITERÁRIO

Christian Ingo Lenz Dunker

O livro que o leitor tem em mãos é fruto de um experimento.

Experimento que progrediu de um problema relativamente convencional: quais seriam as condições literárias para a escrita de casos clínicos em psicanálise? Como Freud falava de sua própria casuística, recebida em sua época como uma mistura insólita entre o romance e a ciência, e como Lacan elevou a noção de escrita a condição de um conceito psicanalítico, tratava-se de investigar como estas duas dimensões cruzavam-se no intrincado sistema de transmissão de textos e experiências do qual a psicanálise se serve para manter viva uma tradição oral em um universo cada vez mais definido pelas leis do arquivo, do documento e do texto. O contexto da pergunta de pesquisa envolvia o debate candente sobre o passe, dispositivo formulado por Lacan em 1967, envolvendo a narrativa de uma análise concluída e sua função na passagem de analisante e analista e o debate francês contemporâneo no qual encontramos uma posição contrária à escrita de casos clínicos, no sentido tradicional do termo. Para tal posição o psicanalista adquire tamanha soberania na escrita do caso que suas circunstâncias e ilações tornam-se inverificáveis, tornando a sua redação inócua do ponto de vista científico, perigosa do ponto de vista ético e imprudente no ponto de vista narcísico, posto que praticada apenas para exibir triunfos terapêuticos e mestrias conceituais, inverossímeis. Melhor que isso seria trabalhar com casos jurídica ou psiquiatricamente documentados, aliás, de onde procederia esta prática em Freud, ou com casos literariamente extraídos, como os consagrados por Lacan.

Nesse contexto adquire especial importância o experimento aqui apresentado ao público em geral. Trata-se da experiência de um tratamento psicanalítico real, coligido pela própria psicanalisante, tal como se dá no passe.[1] Apoiando-se em estruturas de ficção provenientes da literatura, consoante com a ética da psicanálise e retrabalhada à luz de conceitos da clínica e da crítica literária. Ou seja, trata-se de uma resposta em ato e da *invenção*

---

[1] O passe é uma invenção lacaniana pela qual um analisante conclui sua análise e a conta para dois passantes, definidos por terem suas análises em curso final. Estes dois passantes reapresentam o relato para um cartel, antes chamado júri, que aprecia a experiência indiretamente relatada nomeando ou não o proponente como Analista de Escola. Uma vez nomeado. seu relato de passe é escrito, publicado e apresentado oralmente para a comunidade de psicanalistas.

de uma prática original que deve ser ponderada com e contra as modalidades antes descritas de tratamento e construção de casos clínicos.

A autora vinha de um estudo circunstanciado sobre as relações entre Proust, Freud e Lacan, seu mestrado na Universidade de Brasília, e de um trabalho sobre a noção de escritura, seu doutorado no Departamento de Psicologia Clínica na Universidade de São Paulo. Deles herdara a intuição de que a escrita de um caso clínico envolve a reconstrução de um tempo correlativo de sua própria escrita. Tempo perdido, em relação à imediaticidade dos acontecimentos, irrecuperáveis descritivamente, e que definem o tempo mesmo da experiência. Considere-se o problema desde sua dimensão volumétrica. Se uma análise transcorre à razão de duas ou três sessões por semana, por cinco a dez anos, com sessões entre 20 e 30 minutos, isso nos dá, por baixo, um total de 150 horas de discurso real em ato. Uma transcrição parcimoniosa, descontando as infinitas modalizações de silêncios, interjeições e distensões proustianas do tempo, nos colocaria diante de um material bruto composto de 2.500 páginas. Contudo, se as coisas caminham bem, o mais importante de uma análise acontece fora dela. Nas elaborações, reversões e revoluções que ela inspira, determina ou testemunha de uma vida. Se as coisas caminham bem a história dos sintomas se confundem com a história de uma análise. E a história de uma análise se confunde com a história de uma vida. E a história de uma vida vivida se confunde com a história da vida por viver. E isso para nos resumirmos à posição de uma história narrada desde o ponto de vista de seu autor. Assim considerada, escrever uma análise torna-se uma tarefa borgiana.

Seria então questão a mera síntese, a escolha de fragmentos que bem-compostos nos reenviam à totalidade. A tarefa de contar essa viagem feitas de outras viagens, equivale ao processo de extração de sua essência. Teríamos assim uma pequena viagem, auto ou heterobiográfica. Para tanto seria necessário fazer a anatomia da paixão transferencial, a dissecção estrutural dos sintomas, a análise dos sonhos cruciais, a construção da fantasia fundamental, a formalização de todos esses desenvolvimentos e perspectivas.

A "literatura" psicanalítica sobre os casos clínicos divide-se, atualmente, em três grande abordagens. A primeira, mais clássica, entende que a escrita de um caso é a apresentação de seus desenvolvimentos, segundo a soberania do olhar de quem o escreve, em tese o psicanalista, mas agora em outra função, de *Forscher*, pesquisador, praticante do método de investigação psicanalítico. Seus problemas construtivos e expositivos são mais ou menos clássicos. Apresentar a história do tratamento, a história reconstruída pelo paciente e a história dos problemas clínicos entremeando duas narrativas com desenvolvimentos conceituais ou clínicos. Nessa circunstância encontramos a forma canônica, ainda que não freudiana, baseada na apresentação de alguns conceitos, sua problematização clínica, seguida de aspectos do tratamento e finalmente concluída com a retomada dos problemas teóricos à luz do exposto, confirmando ou contrariando as proposições antes apresentadas. Esse modelo adota uma função indutivista para a construção de casos clínicos, enfatizando sua dimensão "clínica" contra a sua dimensão de "caso". Seu objetivo é postular certa regularidade, sendo o caso incluído em um conjunto de outros casos assemelhados ou dessemelhantes. Forma-se assim certo modelo que acumula experiências constituindo um repertório de variedades apreensíveis pela sua peculiaridade. A clínica é aqui considerada como uma diversidade relativamente heterogênea de particulares. Ele não é apenas a soma de identidades cujos traços se inserem em uma classe. O conjunto de casos, assim construídos, formam uma espécie de caleidoscópio de acontecimentos cada qual lido por perspectivas igualmente distintas. Essa característica serviu de pretexto para que os críticos da psicanálise argumentassem que seus resultados e seus métodos contêm tal incomensurabilidade que os torna irrelevantes para a teoria e inúteis para a prática clínica.

A segunda forma de abordar a escrita de casos clínicos padece do problema oposto. Inspirada pelas inovações lacanianas ela se contenta com uma exiguidade narrativa que reduz os acontecimentos às vezes a um ou dois significantes, com pouquíssima oscilação narrativa, em geral em terceira pessoa, com discurso direto e narrador onisciente. A estilística lacaniana tem horror à história, à narrativa ou à descrição que não seja minimalista e serial dos acontecimentos. Se assim for possível o caso seria uma espécie Haikai, um poema palavra, sem personagens, sem autoria, sem épica nem drama. Por outro lado, o peso da autoria parece se deslocar para a reverência citativa. A hermenêutica do caso desdobra-se na exegese dos autores. Os próprios conceitos reduzem-se a compactas fórmulas e matemas. A moral do caso torna-se um axioma. Ainda que a retórica da singularidade aqui se expresse em letras maiúsculas é o universal dos conceitos e da transmissão integral que se destaca nos casos textualmente falando. Aqui o fato de que o caso seja um acontecimento, se sobrepuja ao clínico como regularidade diagnóstica ou semiológica. O caso único, o caso que faz exceção, no fundo é o caso derivado de um universal suposto.

A terceira estratégia para construção de casos clínicos corresponde a uma reviravolta do ponto de vista e uma inversão que dá voz ao paciente. Aqui podemos perfilar tanto os depoimentos de pessoas que passaram ou não por uma análise, vindo ou não a se tornarem analistas. São os autocasos de Blanton em Freud e Pierre Rey em Lacan. Também se ligam a essa tradição a vasta produção de relatos de passe e os casos construídos por historiadores da psicanálise, como Olla Andersen e Paul Rozen.

Nos dois primeiros casos a autoria pertence ao psicanalista, mas destituído dessa função, tornado apenas um cientista ou um literato. No terceiro grupo a autoria é deslocada para o psicanalisante ou para alguém que se disponha a representá-lo, mas aqui o interesse desloca-se para o registro público do literato ou para o registro formativo como parte do tornar-se psicanalista.

Haveria então uma quarta possibilidade prevista que é a apresentação da própria divisão assim exposta como objeto de uma investigação científica da expressão literária. É essa quarta combinatória possível que constitui o conflito central do experimento. Seu contexto claro e distinto de produção: um livro com rigor teórico, imerso no discurso universitário, que atende a regras formais, crivos normativos, condições de legibilidade e recepção definíveis e que atuam como contrantes[2] do texto. O discurso do psicanalista ocorre na análise (ou na Escola de psicanálise) e o discurso da universidade ocorre na universidade (ou na repartição pública). Para muitos isso seria suficiente para desqualificar as pretensões psicanalíticas do estudo degradadas ao discurso universitário, visto sua abordagem teórica. Contudo, uma pesquisa na qual se examina uma análise, literariamente reconstruída, é uma pesquisa psicanalítica sobre literatura, ou é uma pesquisa literária sobre psicanálise? Aqui novamente convidamos o leitor para avaliar, por ele mesmo, o "teor de pureza psicanalítica" que se encontrará neste livro.

Lendo o percurso realizado percebemos, com relativa vergonha alheia e própria, como o emprego de categorias tão vastas e imperfeitas quanto a Literatura ou a Universidade, ou a Psicanálise são unidades compostas por fantasias de incautos. Inclusive incautos psicanalistas.

Mais do que qualquer outro caso, o caso clínico em psicanálise foi inventado em um momento de apogeu da forma romance. A presença de Goethe ou Shakespeare, Heine ou Jensen, Sófocles ou Artemidoro em Freud

---

[2] Contrantes são restrições impostas pelo autor para a construção de uma determinada obra. Por exemplo, a ausência da letra "e" no romance *La disparation* de George Perec.

não é, como parte da exegese psicanalítica insiste em afirmar, um indício de nossa descendência da hermenêutica e do comentário parasita de narrativas. Ela é uma necessidade transmissiva e formativa mais axial. Isso coloca de maneira aguda a contemporaneidade entre o nascimento da psicanálise e a forma romance. Escrever casos clínicos implicaria sempre encontrar o romance chave (*Schlüsselroman*) de uma condição clínica, como que a extrair seu paradigma e modelo: a intriga histérica, o realismo obsessivo, o terror fóbico. É certo que os casos iniciais de Freud alcançaram grande sucesso retórico como uma espécie de romance policial. Mas isso não explica, por si mesmo, a relação clínica entre a emergência do romance policial, como acontecimento literário, e as modalidades ascendentes de sofrimento em fins do século XIX.

Luciana K. P. Salum transpõe o princípio lacaniano de brevidade para a forma literária do conto e do fragmento. Aliás, esta era a palavra chave do primeiro grande caso clínico publicado por Freud em 1905: *Fragmentos da análise de um caso de histeria*, o caso Dora. "*Fragmentos de uma análise*" e não "*conjunto completo e acabado dos fatos ocorridos em um tratamento*". Trabalhar com fragmentos, portanto, não é uma prerrogativa lacaniana, ainda que o método estrutural possa melhor justificar o procedimento. Luciana contribui assim para o chamado problema da construção de casos clínicos, sendo construção um conceito psicanalítico e histórico, como em "construções em análise". De acordo com essa noção, o que não pode ser lembrado deve ser construído. Tal construção combina três acepções que encontramos para o termo "história" em alemão: *Geschichte*, o acontecer histórico real e objetivo, *Historie* história conjectural, reconstruída a partir da experiência, e *Historisch* a verdade histórico vivencial, ou seja, a forma como a história aconteceu para cada homem que a vivenciou. A construção do caso começa quando passamos das sessões à supervisão, à versão que o analista cria ao longo do tratamento para se orientar, tomar decisões e avaliar progressos e riscos. Nisso ele se serve de supervisões, de leituras, de reflexões que compõe o caso, ainda que em sua exterioridade. Há um terceiro tempo da construção que corresponde ao tempo posterior ao seu desenlace, no qual o luto do psicanalista se acrescenta ao seu eventual desejo de transmissão e, portanto, de separação em relação a ele. Ao final, o caso assim construído fala mais do analista do que do psicanalisante. No texto que agora se apresenta, trata-se de uma construção desse tipo, mas invertida, ou seja, feita por uma psicanalisante que se tornou psicanalista. Um passe que se submete aos que se interessam por maneiras contraintuitivas de testemunhar uma experiência? Ou revelação pública de intimidades que devem ser escondidas, sob o decoro dos conceitos? Caberá ao leitor dizer.

Lembremos que o método estrutural, recolhido por Lacan a Lévi-Strauss e formulado por este desde Saussure, foi inicialmente desenhado para extrair a lógica composicional de narrativas míticas, formalizando-as como um conjunto de problemas que pensam a si mesmos, organizando nossas trocas simbólicas e desejantes. Ele não corresponde de forma alguma à exclusão da narrativa, mas uma forma de articular narrativas diferentes sob a mesma lógica. Com isso Luciana faz parte de um movimento teórico mais extenso, no qual nos incluímos, de retirar a narrativa da sua condição meramente imaginária, de historietas às quais os analisantes estão apegados, que a tradição pós-lacaniana se compraz em repetir. Não é certo que isso implique, necessariamente, um retorno às antigas exposições circunstanciadas e minuciosas, ao modo da *Narrativa da psicanálise de uma criança*, de Melanie Klein. É que o desconhecimento do problema histórico e literário representado pela narrativa fez com que nos apaixonássemos pela forma breve do conto. Alienando-nos nessa forma como Freud antes estaria alienado ao romance médico. Colocado dessa maneira a crítica apresenta-se como um indisfarçável juízo de gosto, como se pensar o bom caso clínico consistisse em adotar um paradigma estético. O problema é quase o inverso. Novas formas estéticas, ainda que repudiadas pelo bom gosto hegemônico do momento, nos falam de formas de sofrer que ainda não pensamos. Consequentemente de formas de fazer psicanálise que ainda não somos capazes de praticar.

Se o romance familiar, a teoria sexual infantil, o mito individual, a epopeia obsessiva, a psicose autobiograficamente descrita, são exemplos de gêneros narrativos estudados por Freud, isso não significa que os casos clínicos devem replicar suas soluções, seus esquemas ou sua estilística. Eles formam um repertório de soluções sempre disponíveis e necessárias para a formação do psicanalista e o domínio que deveria se exigir de sua casuística.

O material clínico criado por Luciana K. P. Salum, que serviu de base para seu próprio estudo crítico e clínico, literário e psicanalítico, é uma tentativa de acrescentar algo de original a esse repertório, servindo-se dele. São incorporações ou *iluminuras*, no sentido de Rimbaud, que tomam conceitos como significantes da história de uma análise, assim como empregam significantes como conceitos no ensaio que sobre ela reflete.

Naquilo que o caso clínico tem que ver com o caso literário este livro nos leva a uma investigação cruzada entre as teorias do romance, notadamente inspiradas por Roland Barthes, este contemporâneo e leitor de Lacan, e as concepções psicanalíticas sobre a escrita de casos clínicos. Desse cruzamento emerge o tema da relação entre o sujeito e o autor. Ainda que ambos tenham sido declarados mortos, na autópsia realizada nos anos 1960, paira dúvida se na hipótese do caso clínico considerado como parte de um gênero literário, não se trataria de uma de suas variadas formas de ressurreição. Aqui o livro desenvolve uma argumentação provocativa e inovadora acerca das relações entre a noção psicanalítica de sujeito e a o conceito literário de autor, mediada pela noção de narrador.

Seria então um caso clínico um caso de escritura? Entendida a noção como reescrita diferenciante (*différance*) cujo princípio retor congrega alteridade e diferença, em que cada caso reenvia matrizes e rizomas. Formas que se repetem sem nenhum caso original. Uma *téssera* que se realiza na medida mesma que se desfaz. Nesse ponto discute-se com Foucault como o autor pode ser um fundador de discursividades e como a escrita de casos está sujeita a esse mesmo princípio. Algo se preserva do fragmento e do conto no estilo teórico do ensaio que o examina. São pequenos problemas, que vão da tipologia barthesianamente despretensiosa da escrita do desejo e a escrita do gozo, até as formas becketianas de inscrever o indizível.

Uma boa pesquisa se mede pelas perguntas que ela lega e pelos caminhos que ela cria. Nesse ponto não poderia deixar de saudar o trabalho de Luciana K. P. Salum, que trouxe sua originalidade para uma tarefa que não deve ser vivida apenas como reprodução acabada do já sabido. A prova segue nas próximas páginas.

NOTA AO LEITOR

1. O PRELIMINAR DE UM PERCURSO

Ao tentar discorrer *sobre o que se escreve de uma psicanálise* parecia ser levada a uma espécie de romance a me tornar personagem em minha história. Ou ainda, em outros momentos, ao romanesco, tido por Barthes (1973/2004) como um romance sem personagens, no qual a escrita, via meu próprio corpo, parecia dar suporte à escritura. Em uma espécie de permissão à vida própria do texto. Assim, na tentativa de aproximar as vivências e tomar a experiência analítica como uma experiência narrativa, comecei a ensaiar modelos de subsunção entre literatura e psicanálise.

Simultaneamente ao percurso, era provocada por outra possibilidade de *saber* sobre o assunto. Meu caminho como analisante também me convocava a pensar a escrita. Sobre, especificamente, a escrita do tempo. Do meu tempo. E a posterior possibilidade de transmissão de tal escrita que se revelava autorizada somente em razão daquele tempo. Em síntese: *só depois dessa análise comecei a escrever*.

Entre os escritos literários que conviveram comigo nesta empreitada, elegi alguns que evocaram a famosa sensação compartilhada pela leitura de romances realistas: por pura identificação com trechos de meus livros prediletos, tive a certeza do autor falar mais de mim, leitora, que dele mesmo. Eles aparentemente capturavam a estrutura na qual me sentia situada. Como nos lembra Barthes (1956/2004, p. 31), "captar a estrutura quer dizer descrever o importante (o típico) e rejeitar o insignificante". Foram eles, portanto, os que escolhi como os meus *textos de prazer* barthesianos, os quais parecem mais bem escritos sobre mim do que eu mesma conseguiria escrever.

Houve, também, o desamparo dos livros surrealistas ao, ironicamente, trazer-me a mesma dose de identificação. Desamparo vivido pela multiplicidade de sentido dos objetos. Ao não se importarem em demasia com a significação, eles caminhavam sem um destino previamente estabelecido. Iam. Moviam-se, apenas. O texto, lá, não parava no escrito. "Existem escritas de vida, e podemos fazer de certos momentos de nossa vida verdadeiros textos" (Barthes, 1956/2004, p. 346), pregavam os surrealistas a marteladas em minhas leituras.

A aproximação foi, então, escancarada. Minha possibilidade de invenção: trata-se de um trabalho *singular*. Não viso a generalizar a experiência de uma psicanálise, do que se escreve de uma análise, aplicada à escrita literária, mas, sim, a questionar onde e como minha escrita poderia vir a se aproximar da transmissão do resto do meu processo analítico. Este livro falaria, então, do lugar de analisante, a partir do efeito de minha análise em mim, em minha escrita.

Efeito demonstrado por um texto singular no que ele tem de não categorial, diferenciando-se, dessarte, de uma escrita particular. Sua singularidade se apresentaria em formato de fragmentos literários a defender uma feição própria de texto que daria notícias de um processo analítico. Fragmentos a denunciar um saber novo adquirido por meio de minha apropriação da linguagem. Ou melhor, do que pude fazer ao ser apropriada pela linguagem. Como uma espécie de escrito que minha análise me fez possível ou, acaso, inevitável.

2. "É de mim agora que devo falar, que seja com a linguagem deles, será um começo, um passo rumo ao silêncio, rumo ao fim da loucura..."[1]

Há, como bem sabemos, um constante convite aos analistas (convite iniciado por Lacan) a que coloquemos um pouco de nós nos nossos textos e produções teóricas. O ponto é: Quanto de nós é suportado por um texto? Qual seria a dosagem de si adequada? "Coloquem", nos dizem, "mas não tanto", reforçam. Como não soube responder sobre minha *boa dosagem*, optei por discorrer conceitualmente sobre como seria a transmissão de um saber pela via performática em detrimento da opção de mostrá-lo em sua própria natureza.

Afinal, falar como analisante, às vezes, me remete a uma aparente quebra de um acordo velado entre os pares. Como se a única possibilidade de dialogar sobre a análise fosse pela via do obsceno e do proibido a manter cada um com sua própria experiência e com a indicação de, em vez de discorrermos sobre o tema, seja a visar uma transmissão ou apenas um debate teórico, as discussões se direcionassem ao recorrente "para entender é preciso fazer". E, mais ainda, como se toda fala portasse, em sua forma, um acesso aos fatos vividos em tal análise. Parece que mesmo os psicanalistas, que desde cedo foram ensinados que a verdade tem estrutura de ficção, se esquecessem da lição.

---

[1] Beckett, S. (1953/2009). *O inominável*. São Paulo: Globo, p. 71.

Não haveria, em minha opinião, outra possibilidade de situar o leitor deste livro que não ao impulso primeiro desta escrita que, dessa maneira, foi sua origem. Parece-me ponto pacífico que tal frustração, motivada pelo abandono da escrita dos *fragmentos literários*, traga todo o percurso desenvolvido neste texto. E isso não é pouco! Assim, apresentar-lhe-ei as possíveis aproximações entre o que entendo que seja possível fazer com os restos de minha análise. Ou ainda, com o que se escreve de minha psicanálise.

INTRODUÇÃO

1. A ESCOLHER PALAVRAS

Proponho a teorização de um saber adquirido em minha trajetória analítica a fim de vislumbrar seus trechos passíveis de escrita. Valorizando, assim, tanto sua estrutura de ficção e seus semblantes como seus pontos indizíveis. Há um importante acréscimo a ser demonstrado no decorrer do texto que ampliará a discussão não só sobre o que é dizível de uma vivência clínica, mas também de como dizê-la. Tema por si só espinhoso, já visa a declarar-se não em vias panorâmicas, ou seja, não desejo percorrer toda a concepção de escrita em psicanálise para conjecturar o escrito de uma análise.

Objetivo um esforço em considerar a noção de *escritura*[1] vinculada à transmissão de uma experiência. Ao questionar os traços de uma análise, tenho uma pergunta formulada à escritura desde o interior da escritura. Noutros termos, somente imersa em tal definição poderia discorrer sobre seus efeitos e saber como ela pôde contornar o resto inominável que *não cessa de não se escrever* da transmissão de minha análise.

Para tanto, munirei-me-ei de algumas precauções. Já de saída, deve-se asseverar que o sentido específico do termo que utilizarei foi desenvolvido por Roland Barthes ao longo de sua trajetória teórica. E, por se tratar de uma palavra francesa, *écriture*, já são anunciados possíveis entraves quanto a sua tradução, visto que ela pode se referir tanto a "escrita" como a "escritura". Temos, em língua portuguesa, dois vocábulos referentes a um em francês. Tanto na obra barthesiana quanto na lacaniana, *écriture* produz equívocos que nos obrigam, como leitores, a nos posicionar diante de um deles: ou traduzimos por escrita ou por escritura, dependendo do contexto da frase.

Segundo o dicionário Houaiss (2004), *escrita* é "1. ato de escrever ou o seu efeito; 2. representação do pensamento e de palavras por meio de sinais gráficos; 3. alfabeto; 4. sistema de símbolos gráficos ou de outra natureza; 5. caligrafia." (p. 300), e, pelo mesmo dicionário, em sua diferenciação, a *escritura* é "1. documento escrito de um ato jurídico; 2. método de traçar ou desenhar os caracteres; escrita; 3. Bíblia (quando com inicial maiúscula)" (p. 300).

---

[1] Perrone-Moisés (2012) salienta que é melhor pensar o termo como uma noção, visto que é amparado numa imprecisão, e não como um conceito que se vincula a determinado objeto.

A defender a primeira opção, e tomar *écriture* por *escrita*, independente do texto que a ronda, a justificativa é geralmente atribuída a um galicismo vinculado à *escritura*, visto que o uso do termo em português estaria muito mais próximo do que coloquialmente entendemos por *escrita*. Além de, como visto, escritura, em nossa língua, quando iniciada com letra maiúscula, também está ligada ao escrito sagrado, a Bíblia, e, em minúscula, a documentos escritos de um ato jurídico. Afastando-se, dessa maneira, do proposto pelos autores como *écriture*.

Já Leyla Perrone-Moisés (também tradutora de Roland Barthes) defende que podemos desfrutar da riqueza léxica da língua portuguesa e, em várias situações, reconhecer vantagens com a tradução por *escritura*. Ela traz o exemplo presente em *O prazer do texto* (1973/2010), quando Barthes cita "*L'écriture est ceci: la science des jouissances du langage, son kamasutra*",[2] ao evidenciar que não seria o caso de tomar a *écriture* da frase acima como sinônimo da *écriture* que se ensina às crianças na escola. Ou seja, escritura não seria reduzida ao *ato de escrever* aprendido durante a alfabetização. Obviamente refiro-me exclusivamente ao ato manual de escrever e não aos textos produzidos pelas crianças. Sabemos que, desde cedo, ao reconhecermos os trocadilhos, os trava-línguas e as demais formações do inconsciente no período escolar, as crianças usam e abusam de suas sexualidades através do *kamasutra* de sua linguagem. Assim posto, para Perrone-Moisés o ato de escrever seria a escrita e a escritura, uma noção outra a ser estudada. Salienta também discordar da associação a uma francesia, visto que tanto em português como em francês a palavra tem origem no latim, *scripture*. De acordo com tal concepção, uma escritura sempre estaria incluída em uma escrita, mas a recíproca não seria verdadeira.

Satisfazendo-me com seus argumentos, adotarei o vocábulo *escritura* em detrimento de escrita quando fizer menção à noção que demonstra *o que se escreve de minha psicanálise*, e não meramente à mão que grafa o papel. Portanto, o que viso mostrar é que esse termo, caro a Roland Barthes, foi se atrelando progressivamente ao que considero como o efeito de meu percurso analítico. Para isso, foi necessário percorrer as alterações consideráveis que acompanharam tal concepção no decorrer da produção barthesiana a fim de buscar maior compreensão de sua significação.

---

[2] Traduzido por J. Guinsburg pela editora Perspectiva, 2010, como "A escritura é isto: a ciência das fruições da linguagem, seu kama-sutra" (p. 11).

2. A ESCRITA DA ESCRITURA

Ao longo do ensino barthesiano, o termo *escritura* foi sofrendo alguns ajustes que ajudam a fundamentar sua versão final. Indiscutivelmente, ele se trata de seu maior trunfo, "palavra fetiche, conceito operatório, instrumento de análise e de autoanálise, utopia. Objeto de desejo que sustenta a busca" (Perrone-Moisés, 2012, p.75). Desde *O grau zero da escrita*, em 1953, até *A preparação do romance II: a obra como vontade*, que reúne aulas desenvolvidas de 1978 a 1980, há uma importância destinada a circunscrevê-lo que se traduz, inclusive, na própria forma do ensino de Roland Barthes.

Em 1953, ainda há a distinção entre escritura e literatura, visto que nesse caso a tradução, em razão do contexto e por ser o início das elucubrações do autor, pode ser compreendida como escrita. E, acrescento, a escrita pode ser entendida como uma função. Ao ser a maneira de ligar a criação do autor com o outro, ela porta, concomitantemente, um duplo sentido. Ora volta-se para o mundo e liga o escritor à sua sociedade, implicando uma mensagem transitiva e histórica; ora retorna a si mesma de maneira intransitiva, vinculada às próprias criações do escritor.

Ambiguidade determinante a ser esclarecida num texto posterior incluído em seus *Ensaios críticos* (1964/2011), *Escritores e escreventes*. Ao criar um neologismo, "escrevente", o autor desfaz o impasse apresentado anos antes. "Escrevente" vem em oposição a "escritor", assim como "escrevência" à "escritura". Ao discorrer sobre quem fala e quem escreve, Barthes percebe que, mesmo ambos tendo um único material, a palavra, o seu destino pode ser demasiadamente distinto conforme sua utilização. Destaca: "O escritor realiza uma função, o escrevente uma atividade" (Barthes, 1964/2011, p. 33). Isso quer dizer que há diferentes maneiras de desfrutar da palavra. Vemos isso todos os dias, na medida em que abrimos um livro. Há livros propostos a enviar uma mensagem, ou seja, são transitivos. O leitor acompanha quem escreve e é convidado à compreensão em seu ato de leitura. Tais livros são chamados de escrevências — escritos, então, por escreventes. Se pegarmos um texto de um comentador sobre determinado conceito, portando as qualidades necessárias à compreensão do assunto, o leitor sequer precisaria ter acesso ao original, visto que, com um bom manejo da linguagem, o comentador-escrevente tem o potencial de transmitir o objeto visado pelo estudo e, também, de desenvolver um resumo do texto.

Poderíamos dizer que são escritos passíveis de *tradução*, a considerar a produção de um novo texto — um resumo ou um comentário — que compactue com o sentido. Ou, ainda, textos a serem *transcritos*, uma vez que podem não coincidir com o corpo do escrevente mas, sim, com a mensagem a ser proclamada. Ambos fiéis, pela nova escrevência baseada num comentário, resumo, tradução ou transcrição, à escrevência original. A intenção é a de driblar o equívoco da comunicação, o retorno da mensagem sobre ela mesma, ou que o escrito diga outra coisa além do que está disposto a dizer.

Já em referência à escritura, seu suposto sucesso baseado na boa clareza de um escrevente seria um fracasso. Mesmo com todos os pré-requisitos instrumentais, o possível a ser discorrido sobre uma escritura seria, sempre, uma nova escritura. Portanto, não é um escrito compatível com um resumo. Tomemos, por exemplo, os *Escritos* de Lacan (1966/1998). Mesmo a ser elucidado por um ótimo comentador de determinado termo lacaniano, a produção não poupa o leitor do trabalho de se haver com o original da obra. *A escritura é intransitiva, produtora de sentidos e autorreferencial.*

Sobre o escritor:

> ele sabe perfeitamente que sua palavra, intransitiva por escolha e por lavor, inaugura uma ambiguidade, mesmo se ela se dá como peremptória, que ela se oferece paradoxalmente como um silêncio monumental a decifrar, que ela não pode ter outra divisa senão as palavras profundas de Jacques Rigaut: *E mesmo quando afirmo, interrogo ainda.* (Barthes, 1964/2011, p. 36, *grifo original*)

A ambiguidade está desfeita. A escrita proposta em *O grau zero da escrita* (1953) como transitiva e ligada ao mundo passa a ser nomeada como escrevência, e a outra, a do escritor, intransitiva, como escritura. Assim, mesmo portando todas as qualidades, se o engajamento da escrita for passar uma mensagem ao mundo, ela será uma escrevência. Caso seja uma comunicação indireta na qual os sentidos são criados no percurso da escrita e o compromisso for com a própria linguagem, será escritura.[3]

---

[3] Francisco Bosco (Mucci, 2008) salienta a intransitividade de uma escritura ao compará-la com a dança, por seu sentido ser inseparável de seu movimento. Para esclarecer a proposta, cita uma entrevista de Antônio Gades, dançarino de flamenco, que descreve a verdadeira dança como aquilo que acontece entre os passos ou no meio de um passo, "o passo, em si, aprendê-lo e executá-lo, ainda não é a dança" (p. 75). Por isso, Bosco acrescenta que a dança de salão ganha no salão o que perde no palco: "pois o palco aumenta a coerção da coreografia, da estrutura rígida e prévia (que dá os efeitos de simetria), ao passo que no salão se dá a vigência, *para quem pode*, do improviso, da liberdade, da imaginação do corpo, do que acontece, como singularidade entre os passos, no meio de um passo" (p. 76).

Em 1970 Barthes clareia ainda mais sua noção chave em seu texto *S/Z*, destinado a discorrer sobre o livro *Sarrasine*, de Balzac (1830/1970). Existem, ele alega, as escritas legíveis e as escriptíveis (outro neologismo do autor). As narrativas escriptíveis dão um novo lugar ao leitor. Chamam-no não mais como um mero consumidor, mas como um produto do texto, ao convidá-lo constantemente à reescrita do lido. Ideia que reforça ainda mais o já salientado: que um texto escriptível translitera outro texto escriptível. Reescrita distinguindo-se do mero comentário sobre o escrito. São textos desejáveis, que despertam o traço do leitor e o fazem autor na medida em que ele se identifica com o desejo de escrever do escritor. Dessa maneira, o novo termo vincula-se à *escritura*.

Já os textos legíveis são aqueles que desfrutamos ao ler e sermos, exclusivamente, consumidores do texto como produto do outro ao recebermos, de bom grado, a mensagem que ele nos transmite. São, assim, associados à escrevência. E, quando legíveis, são passíveis de traduções e de transcrições.

Na sequência temporal, outra distinção fundamental se dá, em 1973, com *O prazer do texto*. Livro não só inquieto, mas também inquietante, despertou inúmeras controvérsias na época de sua divulgação e hoje é um dos maiores responsáveis pela propagação do pensamento barthesiano. Nele aparecem termos distinguidos pelas nomeações de *textos de prazer* e *textos de gozo*. Prazer no campo da legibilidade e da escrevência, gozo no do escriptível e da escritura. Livro que rompe com a fase semiológica barthesiana e dá início à sua fase como escritor. O texto de prazer, segundo o autor, é aquele "que contenta, enche, dá euforia; aquele que vem da cultura e não rompe com ela, está ligado a uma prática confortável da leitura" (Barthes, 1973/2010, p. 20). Já os textos de gozo são os desconfortáveis, criam angústias ao gerarem resistências para engendrar significações. Colocam o sujeito em estado de perda e fazem "vacilar as bases históricas, culturais, psicológicas do leitor, a consistência de seus gostos, de seus valores e de suas lembranças, faz entrar em crise a relação com a linguagem" (Barthes, 1973/2010, p. 21). Juntamente com tal definição, percebemos a importância do *corpo* do escritor para a compreensão dos termos. A escritura, portanto, passa a ser entendida como prática erótica da linguagem, moldada pelas pulsões do autor. Trata-se, então, de uma escrita não só encarnada, mas demandante de um corpo.

Dando fim a este percurso introdutório sobre a noção de escritura, temos sua famosa *Aula* inaugural da cadeira de semiologia literária do Colégio da França. Pronunciada dia 7 de janeiro de 1977, nela Barthes assume, definitivamente, estar no que a crítica nomeia como a sua fase final, a de escritor, e proclama:

> Entendo por *literatura* não um corpo ou uma sequência de obras, nem mesmo uma sequência de comércio ou de ensino, mas o grafo complexo das pegadas de uma prática de escrever. Nela viso portanto, essencialmente, o texto, isto é, o tecido dos significantes que constitui a obra, porque o texto é o próprio aflorar da língua, e porque é no interior da língua que a língua deve ser combatida, desviada: *não pela mensagem de que ela é instrumento, mas pelo jogo das palavras de que ela é teatro*. Posso portanto dizer, indiferentemente: literatura, escritura ou texto. (Barthes, 1977/2007, p. 16, *grifo nosso*)

Esta rápida introdução à obra barthesiana serve para apresentar vocábulos que aparecerão, insistentemente, ao longo do livro. Alguns com menos privilégio e outros, como escritura, fundamentais à compreensão do texto.

Veja, não se trata de transpor a experiência analítica em uma escritura. O que se escreve de uma psicanálise seria a própria escritura que, quando lida por um terceiro, poderia transliterar-se em um novo texto escriptível e intransitivo. Assim, não seria a transliteração uma categoria a dizer do efeito de minha análise. Mas, minha escritura seria sempre passível a transliterações, como são as escrituras.

Percurso introdutório útil para também me posicionar segundo as indicações de Roland Barthes. Portanto, ao acompanhar o autor, tomarei *literatura*, *escritura* e *texto* indistintamente.

Parte I
AUTORIA

1. AUTOBIOGRAFIA

Em 1925, Freud vivenciou dificuldades na escrita de sua *Autobiografia* (1925/2011) [*Selbstdarstellung*][1] em razão da natureza da tarefa proposta. O autor alega, em seu primeiro parágrafo, que o desconforto foi compartilhado por alguns colegas ao também aceitarem o convite para escrever na série "Apresentações autobiográficas" [*Die Medizin der Genenwart in Selbstdarstellungen*], para a qual seu escrito foi encomendado e, primeiramente, publicado. A série tinha por objetivo apresentar o autorretrato dos médicos cujo papel de destaque influenciou a evolução da medicina. Ela foi lançada em quatro volumes e teve cerca de vinte e sete médicos como colaboradores.

O impasse freudiano se dá, segundo o autor, pela particularidade da tarefa assumida: sua autoapresentação. Caso o criador da psicanálise tenha aguçado a curiosidade de leitores aspirantes a saber um pouco mais dos seus amores, conflitos e intimidades, acabou por lhes dar uma rasteira. Tornou-lhes curiosos frustrados, poderia inferir, uma vez que esse é um de seus textos menos biográficos.

É justamente na tentativa de trazer a realidade factual e colocar-se como objeto de seu escrito que Freud define demarcações de um sistema intelectual a inviabilizar um processo sobre a escrita de sua vida. Ao tentar, conscientemente, escrever sua história, ele escreve o percurso de sua teoria como um bom roteiro dos principais conceitos psicanalíticos e como cada um o levou ao seguinte em um tempo cronológico estabelecido.

Dez anos após a publicação, em 1935, Freud acrescenta um pós-escrito que sugere a percepção do equívoco vinculado à proposta da obra, haja visto a incompletude referenciada à sua biografia. Tendo a série a tarefa de autoapresentar autoridades médicas de renome, Freud, discretamente, reconhece que não a acatou. Ele não escreveu a sua história, mas o retrato do contexto psicanalítico da época.

> Dois temas percorrem este trabalho, as vicissitudes de minha vida e a história da psicanálise. Eles se acham estreitamente ligados. A "Autobiografia" [autoapresentação] mostra como a psicanálise se tornou o conteúdo de minha vida, e obedece à legítima suposição de que nada do que ocorreu à minha pessoa merecesse interesse, ao lado de minha relação com a ciência. (Freud, 1925[1935]/2011, p. 163)

---

[1] Termo que julgo ser mais bem traduzido por autoapresentação.

Embora ele aparente, mediante um eufemismo, corrigir o lapso e solucionar o equívoco dizendo que falar da psicanálise implica em discorrer sobre sua própria vida, opto por abordar seu posfácio por outro ângulo.

Ironicamente, o texto dedicado a um escrito pessoal resulta em um texto teórico e histórico. É ao tentar falar de si que Freud se desvia da função proposta pela série. E, paradoxalmente, quando se propõe a uma escrita conceitual, vemos pela própria imposição do texto o seu lugar de autoria. Imposição cujo rigor do conteúdo apresentado em nada é destituído. Muito pelo contrário, demarca a especificidade de um campo do conhecimento no qual exige como nos lembra Lacan na abertura de seus *Escritos*, que cada um coloque algo de si nas suas produções teóricas.

Decepcionados certamente ficaram aqueles que, ansiosos, desejavam olhar pelo buraco da fechadura e saber mais do que o já exposto de sua vida privada. Alguns podem direcionar tais leitores para as biografias mais conhecidas, escritas não por ele, mas por Ernest Jones, *Vida e obra de Sigmund Freud* (1975), Peter Gay, *Uma vida para o nosso tempo* (1989) ou Max Schur, *Freud: vida e agonia* (1981). Eu, todavia, encaminharia tais curiosos, desde que com a devida sensibilidade, a ler, principalmente, *A interpretação dos sonhos* ([1899]1900/2013) e a *Psicopatologia da vida cotidiana* (1901/2006). Seguindo, inclusive, a própria orientação do autor.

Ora, o que Freud demonstra em seu escrito autobiográfico assemelha-se ao anunciado no livro de Giuseppe Berto, *O mal obscuro* (2005), no qual o autor diz que a única maneira de parcialmente driblar a escrita autobiográfica é, justamente, se propor a escrever uma autobiografia. Ao escrever um romance concomitante ao percurso de sua análise, Berto inova na narração e transmite uma visível e densa associação livre tendo sua história como enredo.

> Desde que Flaubert disse "Madame Bovary sou eu" todos sabem que um escritor é, sempre, autobiográfico. Contudo, pode se dizer que ele o é um pouco menos quando escreve sobre si mesmo, isto é, quando se propõe mais abertamente o tema da autobiografia, porque então o narcisismo de uma parte e o gosto de narrar de outra podem levá-lo a uma maliciosa deformação dos fatos e das pessoas. O autor deste livro espera que lhe seja perdoado o natural narcisismo e, quanto ao gosto de narrar, acredita que seja apreciado também por aqueles que porventura possam reconhecer-se a distância como personagens dos romances. (Berto, 2005, p. 6)

Há, justamente na intenção de se apresentar, uma espécie de falsa apresentação contaminada pela própria distorção narcísica presente na escrita. Tal distorção, aliás, fará parte de toda a escrita, seja ela uma escrevência ou uma escritura. Essa percepção questiona se haveria uma maneira de escrever sobre o eu do autor, tendo-o, portanto, como o assunto a ser abordado, que fugisse do excesso de tais alterações. Claro está que o ar narcísico parece ser rarefeito em boas *escrevências* teóricas, como, por exemplo, nos escritos científicos. A questão só sugere dúvidas quando pensada em sua forma reflexiva: quando o próprio autor toma seu eu como objeto de seu estudo.

Para alargar a questão da sedução feita pela escrita narcísica como um empecilho à escrita autobiográfica, recorro à diferença apresentada por Lacan (1954/1985) ao servir-se dos dois vocábulos franceses representantes do pronome da primeira pessoa do singular: o eu, *je*, e o eu, *moi*.

A *escrevência* será associada à escrita do eu (*moi*), valorizando, portanto, seu aspecto reflexivo. Ou seja, quando o autor deseja escrever sobre si. A escritura que dará notícia do sujeito se esquiva aleatoriamente do eu (*moi*). Seria o caso de pensarmos quando falamos "você *não* vem?" e *queremos dizer* desejarmos a vinda. Ou ainda, quando uma mãe, minutos antes de o seu filho cair, diz: "cuidado, você *vai* cair!" Exemplos buscados em nossa língua para mostrar um ruído que manifesta, ao pé da letra, uma instabilidade entre enunciado e enunciação. Notícia em torno da qual o descentramento do sujeito é visível por meio de um aparente detalhe na frase. Detalhe a dizer mais da intimidade do sujeito do que sua escrevência biográfica.

Assim, há uma distinção radical na forma de abordar o autor em seu próprio texto. Diferentemente das escrevências do eu (*moi*), que buscam uma interpretação e apresentação do sujeito via sua história, as escrituras, ao não censurá-lo, apresentam-no num aparente detalhe, sem haver a intenção de tal proposta, mesmo quando o intuito da escritura se vincula ao gênero biográfico. Enfim, não há nenhuma escrevência autobiográfica do eu, *moi*, que alcance a descrição do sujeito expresso por uma escritura. Nem sequer esse seria o objetivo de uma escritura. Ou melhor, o sujeito está onde não é representado, e não está onde é representado. Escapando, portanto, de qualquer eficaz escrevência que pretenda discorrer sobre sua história.

Lacan, ao explorar o *Eu na teoria de Freud e na técnica da psicanálise* (1954-1955/1985), destaca que "tudo se organiza, cada vez mais, numa dialética em que eu (*je*) é distinto do eu (*moi*)". O sujeito do inconsciente desliza de todas as certezas vinculadas a um homem que se reconhece como eu (*moi*). Seria, então, fora desse campo de descrições do eu (*moi*) que eu (*je*) se expressa.

"Justamente aquilo que é o mais não-reconhecido no campo do eu (moi) que na análise, se chega a formular como sendo eu (je) propriamente dito" (p. 15).

Ora, justamente ao não propor uma escrita autobiográfica sobre a vivência de uma análise elaborada numa boa escrevência do eu (*moi*) com relatos pormenorizados da vida do autor, ao "esquecermos" que o que escrevemos são nossas histórias, aparecemos melhor quanto à singularidade de uma transmissão autoral em nossa escritura.

O ponto a ser merecidamente destacado, parece-me, é a crença utópica transposta pela crítica à escrita autobiográfica a vinculá-la exclusivamente à escrevência (*moi*). Como se todas as obras, reconhecidas como autobiografias, não fugissem da exigência proposta por seu gênero literário ao compactuar com a maior fidelidade possível aos fatos reais. Crítica que objetiva, em alguns casos, desqualificar a escritura na medida em que é atravessada, também, pela posição narcísica de quem escreve. Como se houvesse, melhor dizendo, uma maneira de nos desprovermos completamente do eu (*moi*) para acessar uma escrita livre de tais influências nebulosas.

Tanto Lacan (1954-1955/1985) como Freud (1923/2011) são enfáticos na arguição de que o eu (*moi*) é a sede das resistências do sujeito. Por que haveríamos de conjecturar a escritura como uma exceção e, assim, crermo-nos protegidos de nossas defesas e libertos para o melhor conhecimento e manejo de nossos traços? Dado que, reforço, pela própria presunção da proposta, já se tornaria escrevência do eu (*moi*).

Trazer as névoas narcísicas à discussão parece mais adequado para separar o joio do trigo do que almejar uma escrita isenta de tal fascínio e concebida como "escrita pura". Tomar o próprio texto como uma extensão narcísica (*moi*) parece, sim, um problema importante, mas, definir a escritura que faça falar o sujeito como sinônimo de uma escrevência do eu (*moi*) seria impossibilitar a existência de um texto que, por si só, transmita e defenda a escrita não somente a cargo de uma escrevência autobiográfica.

Peres (2012) tenta driblar o convite à escrita narcísica propondo uma equação possível via um neologismo: *eutro*.[2] Na medida em que eutro escreve há, precisamente, uma tentativa de ser menos eu narcisicamente. E estar, claro, numa constante alternância entre eu (*je*) e eu (*moi*), como em uma espécie de duplicação sugerida pelo intervalo entre o eu e o outro. Ele reforça não haver

---

[2] Termo original de Lopes (2009), trabalhado por Peres (2012) em *A escrita literária como autobioficção: Parlêtre, Escrita, Sinthoma*. Tese de Doutorado, Instituto de Psicologia e Cultura, Universidade de Brasília-UnB, Brasília.

um controle sobre isso, mas uma aposta de risco na qual tentará comparecer como outro, via eu, fugindo do eu-mesmo e especulando-se como eutro.

Indo além da tese descrita por Peres, mas me servindo de seu neologismo, chego a uma maneira de embasar o lugar de autoria daquele que produz uma escritura ao mostrar o efeito de transitoriedade do sujeito.[3] François Cheng (2011) — com sua experiência poética ocidental, via poesia francesa; e oriental, via poesia chinesa — fornece uma sugestão fundamental.

O poeta, demasiadamente influenciado pela psicanálise, ao discorrer sobre sua vivência com a escrita em territórios fronteiriços demarcados por culturas distintas, busca, entre elas, um ponto de convergência. E, ao menos no que se refere à sua experiência, ele o acha. Sua poesia chinesa coincide com sua poesia francesa num aspecto: "as duas implicam, da parte daquele que canta, que sofra a passagem por uma *néantisation*." (Cheng, 2011, p. 20). O tradutor de seu *Duplo Canto e outros poemas* (2011)[4] é bastante cuidadoso ao manter o termo no original e nos contemplar com uma nota sobre essa espécie de experiência de vacuidade marcada pela *néantisation*. Ele sugere que palavras como "aniquilamento" ou "aniquilação" não seriam adequadas para a tradução.[5] "Trata-se, a rigor, do oposto, já que representa o 'esvaziamento' de si mesmo em vista de um 'preenchimento' por algo mais denso e mais pleno do ser" (Palma apud Cheng, 2011, p. 20). Poderíamos ler como um esvaziamento narcísico do eu (*moi*) preenchido pelo eutro.

Um ato que não faria do eu (*moi*) o senhor de sua escrita. Ao contrário, seria uma aposta — de risco, como nos lembra Peres — de que, via uma passagem pela *néantisation* que a arte possibilita, criar-se-ia uma escrita *eutroral*. Um sujeito que está escrito em seu texto e não que se escreve. Que está escrito pontualmente por não portar palavras que deem conta de si. Por isso, haveria ele de buscá-las em outra parte, numa constante alteridade que, vez por outra, se desprenda da sedução narcísica num movimento intermitente que falará desse esvaziamento preenchido pela eutra que escreve em mim.

Enfim, diante de todo esse percurso, penso existir dois tipos de autobiografias. As que chamamos de escrevências autobiográficas ou autoescrevências, que, sendo adequadas à já anunciada pretensão de uma biografia tradicional,

---

[3] No sentido apresentado no texto freudiano de 1916, *A transitoriedade*, no qual o autor discorre sobre a transitoriedade do belo que nos ajuda a pensar no efêmero do sujeito. Somada à, inclusive, valorização de sua transitoriedade e, assim, impossível captura.
[4] Bruno Palma, responsável também pela cronologia, introdução e notas inseridas no livro.
[5] Para mim, o termo seria mais bem traduzido pelo neologismo: *nadificação*.

recolhem restos a serem transformados em relato sobre a vida do sujeito. Há, no escrito, uma relação instrumental que busca uma boa apresentação do eu (*moi*). E, por outra via, existem as que insistem em pertencer ao gênero literário das autobiografias, mas acabam por infringir as regras, pois não há, no texto, semelhança a um relatório ou à explicação cronológica e coerente dos fatos vividos. Geralmente, quando nomeadas como autobiografia, são consideradas marginais e transgressoras. Todavia, defendem a presença do autor em seu próprio traço, dando a ver aspectos de sua intimidade. Chamemo-nas de escrituras autobiográficas, ou *autoescrituras*.[6] Não se trataria, necessariamente, de dizer o sujeito, mas, fundamentalmente, de não o censurar.

2. ENTRE OUTROS ESCRITORES

Desde o Romantismo, é aceito ao autor expressar um pouco de sua subjetividade em sua obra, ação evidenciada no Realismo com os romances de Richardson e Defoe (cf. Watt, 2010). São inúmeras as maneiras dessa autoria ser declarada. Mas, como sabemos desde 1958, em a *Juventude de Gide ou a letra do desejo*, a escritura do autor seria absolutamente diferenciada de uma impressão rígida a demarcar seus escritos — como um ferrete, o seu gado. Trata-se, ao contrário, de uma escrita que vacila e transforma seus agentes e produto, resultando num trabalho envolvendo a obra e o autor.

Recorro, a título de ilustração cujo intuito é expandir o argumento, a literaturas que demarcam o traço de seu autor correspondente. No entanto, abordarei a obra pelo ângulo do escritor. Como sempre escolho estar em boas companhias, e, vivendo a temporada com cada autor eleito como um grande romance (no sentido amoroso do termo), os escritores me ajudarão na proposta defendida neste livro. São eles: Marcel Proust e Fernando Pessoa.

Alguns leitores podem não se satisfazer com o critério de escolha. Tal reivindicação é plenamente respeitada, considerando o vasto número de boas escrituras disponíveis atualmente. Defender-me-ei previamente, relembrando com Barthes o que já foi salientado: numa escritura, nos identificamos com o desejo de escrever do escritor e, por essa razão, manifestamos nosso desejo de desenvolver um texto. Assim, sou saciada na defesa apaixonada de minhas escolhas quando elejo aqueles que, após a leitura, mediaram o meu desejo de compartilhar meus escritos.

[6] Visto que estão imersas no gênero das biografias. Para minha proposta, bastaria o vocábulo *escritura*.

2.1. "O livro de caracteres figurados, não traçados por nós, é o nosso único livro."[7]

Proust, ao longo de seus volumes de *Em busca do tempo perdido*, ensina sobre sua duplicação e exemplifica a ideia acima. Inicialmente seu romance transparece como um convite a uma confusão acerca da diferenciação entre personagem-narrador e autor. Claro está o caráter biográfico em sua maior obra. A aproximação entre escritor e narrador é passível de identificação em inúmeros trechos da história. O autor, assim como o personagem, frequentou salões aristocráticos e participou dos encontros sociais de sua época. Ambos são escritores e mostram, em seus livros, o (des)encontro com seus próprios eus (*moi*).

A confusão pode ser ainda mais acentuada em seu quinto volume — *A prisioneira* —, quando Proust apresenta-se como Marcel ao se dividir, por meio de seu romance, em eutro. É curioso que o nome dado ao protagonista e personagem-narrador do livro apareça somente nesse momento da obra, em um trecho no qual o narrador contava um pouco de seu relacionamento com Albertine e, despretensiosamente, como se fosse descrever apenas mais um de seus diálogos, traz uma fala de sua amada: "'Meu' ou 'Meu querido', seguidos um ou outro do meu nome de batismo, o que, atribuindo ao narrador o mesmo nome do autor deste livro, daria: 'Meu Marcel', 'Meu querido Marcel'" (Proust, 1927/2002, p. 67).

Mais do que uma mera confusão, há, primordialmente, um ensinamento do autor de como devemos lê-lo. E de como se faz um romance. Ao usar o verbo "dar"[8] no futuro do pretérito do modo indicativo — *daria* —, Proust atribui ao protagonista um lugar de autoria. Entre os possíveis empregos desse tempo verbal destaco a possibilidade de usá-lo nas afirmações condicionais, quando indicam fatos que não se realizaram e que, provavelmente, não se realizarão. É posicionado em um tempo verbal no qual propõe uma situação condicional que *provavelmente não se realizará* que Proust traz o seu nome próprio. Sugere uma imagem tanto de ser, como de não ser, Marcel. Assim, ele mesmo estabelece sua duplicação por meio de sua *condição* como eutro dentro da obra de ficção.

Não é ao acaso que Lacan, ao questionar o espaço dos narradores e dos escritores dentro da obra literária, cita a criação proustiana. Se pararmos

---

[7] Proust, M. (1927/2004). *O tempo redescoberto*. São Paulo: Globo, p. 159.
[8] Análise feita com base na tradução da obra proustiana ao português realizada por Manuel Bandeira e Lourdes Sousa de Alencar. A "nossa versão", poderíamos dizer; portanto, a que devemos estudar. Conforme Barthes (1978/2005, p. 51), ao discorrer sobre a tradução, exemplificando com seu trabalho com os haicais traduzidos para o francês, "Estou entregue ao tradutor, que no entanto não constitui uma barreira."

nossas investigações sobre o tema no convite de Proust às misturas acerca das identidades entre narrador e autor, no sentido de saber se a história é autobiográfica ou não, perdemos a oportunidade de aprender um pouco mais sobre o lugar da autoria em sua obra.

> O narrador da história é aquele que a escreve? Formulem-se essa pergunta, por exemplo, lendo Proust. É muito necessário fazê-la, porque, sem isso, vocês se danam, ficam acreditando que o narrador da história é um simples fulano meio asmático e, em suma, muito bestalhão em suas aventuras. É o caso de dizê-lo, ora! Só que, depois de se exercitarem com Proust, vocês não ficam com a impressão de que isso seja nem um pouco idiota. Não é o que Proust diz do narrador, é outra coisa que ele escreve. (Lacan, 1971/2009, p. 87)

Proust ensina que o escritor deve se tornar outro em seu próprio texto. Quem sabe, aqui, um tornar-se outro pelos olhos do narrador com referência à sua própria tradução. Transliterar-se em eutro. Não é coincidência que o encanto do romance proustiano começa de um convite ao leitor a ir em busca daquilo que é desconhecido ao narrador; percorrer, em sua companhia, um caminho sobre o não sabido de sua história, sobre aquilo que lhe foi perdido. Sobre aquilo que destitui o saber de seu eu (*moi*) e permite, mesmo que num deslize, o inquietante ao autor.

Aproxima-se, então, da narrativa de Proust, o que entendo como narrativa em análise. Tanto na primeira como na segunda, a proposta não é somente contar aquilo que eu sei sobre a minha história, mas, sim, contar o que eu não sei. Trata-se, fundamentalmente, daquilo que, por vezes, nos torna estranhos em nossas histórias.

Duplicação, enfim, cujo desassossego da leitura fica evidenciado e reforçado ao concluir a obra: fica claro que o romance que o narrador pretendia escrever já foi escrito pelo autor. O livro tão detalhado e cuidadosamente querido por Marcel ao longo do romance está em nossas mãos, em suas últimas páginas, e foi escrito por Proust.

> Como seria feliz quem pudesse escrever tal livro, pensava eu; e que trabalho teria diante de si! Para dar dele uma ideia, seria mister buscar comparações nas artes mais diversas e mais altas; porque esse escritor, que, aliás, de cada caráter deveria apresentar as faces opostas, para conferir peso e solidez a seu livro precisaria prepará-lo minuciosamente, com constantes reagrupamentos de forças, como em vista de uma ofensiva, suportá-lo como uma fadiga, aceitá-lo como uma norma, construí-lo como uma igreja, segui-lo como um regime, vencê-lo como um obstáculo, conquistá-lo como uma amizade, superalimentá-lo como uma criança, criá-lo como um mundo, sem desprezar os mistérios que provavelmente só se explicam em outros mundos, e cujo pressentimento é o que mais nos comove na vida e na arte. (Proust, 1927/2004, p. 279)

2.2. "Não meu, não meu é quando escrevo."[9]

Abordando críticos inquietos com o tema referente à autoria, recorto o ensaio de Paz (2012, p. 201) ao servir-se de Fernando Pessoa para defender que "os poetas não têm biografia. Sua obra é sua biografia" — frase destacada na abertura de seu ensaio, *O desconhecido de si mesmo: Fernando Pessoa*. Argumentar que a obra é a própria biografia do poeta é privilegiar o fato de que o autor ocupa um lugar notável e único dentro de seus textos. Percurso já destacado ao longo deste livro e, pretendo, solidificado ao ilustrá-lo com Pessoa.

Servir-se do poeta português para discorrer sobre o assunto é intrigante, tendo em vista sua tão decantada heteronímia. Além dos escritos, Pessoa chegou a escrever dados biográficos somados a algumas características da personalidade de seus supostos autores.

Sua obra foi escrita basicamente em quatro nomes: Alberto Caeiro, Ricardo Reis, Álvaro de Campos e Fernando Pessoa, ele mesmo. Fora a brilhante participação de seu "semi-heterônimo", Bernardo Soares, com uma única contribuição, o *Livro do desassossego* (2011), que, mesmo exclusiva, não se abstém de sua menção biográfica.

> Invejo — mas não sei se invejo — aqueles de quem se pode escrever uma biografia, ou que podem escrever a própria. Nestas impressões sem nexo, nem desejo de nexo, narro indiferentemente a minha autobiografia sem factos, a minha história sem vida. São minhas confissões, e, se nela nada digo, é que nada tenho a dizer. (Pessoa, 2012, p. 56)

Todavia, e nisso concordamos com Paz (2012), conhecemos Alberto Caeiro, Ricardo Reis, Álvaro de Campos, Pessoa por ele mesmo e Bernardo Soares mais por suas literaturas do que pelos seus dados biográficos.

Há, portanto, uma *autenticidade* nos heterônimos pessoanos. Parece que o poeta enfatiza que, além da obviedade de escrever para ser o que somos — como escutamos frequentemente sobre o eu lírico e sobre o narrador nas falas de autores literários —, há, em sua companhia, a escrita como possibilidade daquilo que escapa ao que somos. Aí está uma das melhores contribuições pessoanas aos estudos psicanalíticos. Ele mostra não só o seu eu (*moi*), no qual se reconhece, mas, também, o seu duplo impossível, através de seus outros. Seu eutro.

---

[9] Pessoa, F. (2012). *Fernando Pessoa: antologia poética*. Organização, apresentação e ensaios: Cleonice Berardinelli. Rio de Janeiro: Casa da Palavra, p. 57.

Entre um e outros, o sujeito transparece pela via de um poeta fugidio. Ele mistura ausência e presença ao lermos sua proposta de ser muitos ao avesso. Claro está que considero o próprio autor, ele mesmo, como mais um de seus heterônimos. Não fui, segundo Silva Jr. (2001), fascinada pela composição virtual apresentada pela versão dele mesmo. O autor salienta que podemos ser seduzidos pela imagem de uma unicidade do poeta cujo drible nos tira do abismo da divisão do sujeito. Como se, ao nos depararmos com a versão real, nos acalmássemos diante da promessa de uma verdade, ou melhor, de um poeta verídico.

Pessoa não faz mais do que escancarar o caráter fugidio do sujeito. Mostra a ausência de um nome que o determine e traduz o deslizamento metonímico e metafórico a levá-lo de um significante a outro, produzindo um resto de significação empobrecido que não garante identidade alguma. Todavia, mostra, justamente nesse mesmo deslizamento, entre um e outro, o traço efêmero do sujeito. Não é um e não é outro. É *entre* outros. É eutro.

A psicanálise apresenta um sujeito não mais senhor de si, não mais se conhecendo para assegurar sua existência. Ao contrário, o sujeito aparece descentrado e desalojado de um lugar constituinte. O que sabemos de nós, o que escutamos, o que vemos ou sentimos, não bastam para dizer quem somos. Essa suposta insuficiência não se justifica por uma precariedade da linguagem, mas, sim, por uma impossibilidade de definição. O sujeito é justamente o significante que falta, e a razão que o define é inconsciente.

Dividido pela linguagem e diferente da apresentação dada pelo *eu*, o sujeito esbarra em sua própria ausência de identidade. Seguramente é indiscutível o quanto tais ideias dialogam com o texto freudiano de 1919, *O inquietante*.

No caso de Pessoa, não seria a pluralidade a nos causar desassossego. O inquietante vivenciado pela heteronímia vem através da inversão: o que acreditávamos real, ou melhor, existir materialmente (Fernando Pessoa, ele mesmo) é posto como ficcional. Seria o avesso do apresentado por Freud (1919), ao salientar que o desassossego é desencadeado quando nos é mostrado algo real que imaginávamos de cunho fantasioso.

3. SOBRE A DUPLICIDADE

Tanto em alguns escritos literários como na fala em análise, a estranheza comparece no papel principal. Não é por acaso que o tema seja tão explorado na literatura e na teoria psicanalítica. No âmbito literário, por exemplo, facilmente reconhecemos que tanto o escrito escolhido por Freud para tratar do assunto, *O homem de areia* (1816/2007), como o *Duplo* (1913/2011), de Dostoiévski, iniciam-se com a sensação de *Unheimliche* apresentada pelo criador da psicanálise.

Desde a apresentação do inconsciente, o inquietante tem seu lugar nos escritos freudianos. Mesmo antes de seu texto de apresentação em 1919, a contar em 1900 com *A interpretação dos sonhos,* ou em 1901 com a *Psicopatologia da vida cotidiana,* já se percebe essa falta de domínio que temos sobre nossos atos fazendo-nos inquietos com relação ao que sabemos de nós. A familiaridade é acompanhada do incômodo existente na lacuna de uma palavra à outra. E é nessa lacuna, justamente na duplicação que impossibilita o eu--mesmo, que somos apresentados como (e pelos) eutros.

Ao compor um ensaio sobre a estética que foge aos padrões já estabelecidos sobre o tema, Freud (1919) apresenta um âmbito marginal vinculado ao que desperta angústia e horror ao sujeito. Todavia, demarca poder haver algo inquietante diferenciando-se do angustiante. Texto publicado um ano antes do *Além do princípio do prazer* (1920), também explora o conceito de repetição. Da imagem do mesmo ao, repetidamente, construir-se e causar inquietação ao indivíduo.

No ensaio, Freud parte de dois caminhos distintos. Primeiro, explora os possíveis significados da palavra *unheimlich* (em alemão), traduzida por "inquietante". Nesse percurso, conclui que, dentro de seu próprio significado, o termo coincide com o seu oposto, *heimlich*. A carga semântica primordial da palavra é perdida na tradução para o português. Hanns (1996, p. 253) enfatiza essa questão ao afirmar que, originalmente, *Unheimliche* tem seu significado direcionado a uma situação de ambivalência, a uma "sensação inquietante e fantasmagórica de algo que cerca o sujeito sorrateiramente". Entende-se como aquilo que é, ao mesmo tempo, familiar e desconhecido (não familiar). Algo salientado por Freud como (1919/2010, p. 338), "tudo o que deveria permanecer secreto, oculto, mas apareceu". O conhecido se confunde com o seu oposto por colocar em cena conteúdos submetidos ao recalque. A sensação de estranheza traz a ideia do duplo que se manifesta originalmente como uma segurança de eternidade, mas, posteriormente, inverte o seu sentido — relaciona-se ao seu oposto e passa a ser, assustadoramente, uma espécie de anunciador da morte.

Após tal constatação, o autor percorre as situações nas quais o inquietante é despertado. De novo, aparece o duplo como fonte de inquietação. Não mais como significado que se converte em seu oposto, mas, também, como a imagem do outro cuja denúncia mostra a divisão do sujeito. Parece que, ao explorar o conto de Hoffmann, *O homem de areia* (1816/2007), Freud (1919/2010) apresenta a estreita relação de desassossego diante do olhar como característica estética a permitir discernir, no núcleo da angústia, o inquietante.

É um olhar que hesita em saber se o ser inanimado está vivo ou morto, que identifica o sujeito com o que ele próprio tem de mais oposto, estranho, *morto*. No conto, a boneca Olympia pode ser uma das responsáveis por essa sensação sinistra. No entanto, Freud alega que tal perspectiva não é a única, nem sequer a principal, responsável pelo tom inquietante do conto. Olho e olhar misturam-se para aclarar o terror da castração que permite, inclusive, a própria identificação com o eutro. Olhar que não nos define com um significante concreto, mas que permite um distanciamento com a própria imagem e ressalva a famosa frase freudiana de que o "eu não é senhor em sua própria casa" (Freud, 1917/2010, p. 250).

Em uma nota de rodapé, Freud dá testemunho de uma experiência dessa natureza quando viajava de trem e, inesperadamente, a porta do toalete anexo girou e apareceu-lhe "um velho senhor de pijamas e gorro de viagem" (Freud, 1919/2010, p. 370). Num primeiro momento, acreditou ser um estranho que se enganava de cabine, ao sair do banheiro que pertencia aos dois compartimentos. "Ergui-me, para explicar-lhe isso, mas logo reconheci, perplexo, que o intruso era minha própria imagem, refletida no espelho da porta de comunicação" (Freud, 1919/2010, p. 370). A imagem, em um primeiro momento, causou-lhe desconforto e até antipatia, ressalta o autor.

Assim, ao não mais dominarmos nossa casa, Freud parece nos indicar que devemos seguir Guimarães Rosa e saber que não somos sequer senhores de nosso olhar.

> Ah, o tempo é o mágico de todas as traições... E os próprios olhos, de cada um de nós, padecem viciação de origem, defeitos com que cresceram e a que se fizeram, mais e mais. (...) Os olhos, por enquanto, são a porta do engano; duvide deles, dos seus, não de mim. (Rosa, 2005, p. 114)

Isso posto, considera-se que o *duplo* imerso em *um* faz parte da própria concepção psicanalítica de sujeito. Como o autor está imerso nessa duplicidade é condição para pensar a escritura como seguimento de minha análise — visto que, *se há algum escritor em questão para a proposta, não seria outro senão eutra*.

4. O estilo "é a 'coisa' do escritor, seu esplendor e sua prisão, é a sua solidão."[10]

É de comum acordo e clara evidência o quanto o estilo de Lacan surpreende. Nesta direção, pode-se afirmar o mesmo sobre o estilo barthesiano. Ambos são escritores, imprimem em seus textos teóricos sua presença e não permitem ao leitor um contato exclusivo com os seus comentadores. Isso se dá em razão de o estilo inscrito no texto se evadir ao ser discorrido pelo comentador. Portanto, há transmissão pelo estilo dos escritores em suas escrituras; ele é a marca do texto para a comunicação de um saber.

Lacan lança, após se servir de Buffon — "o estilo é o próprio homem" —, que "o estilo é o objeto" (Lacan, 1958/1998, p. 751). A sentença é dada ao especular a psicobiografia de André Gide escrita por Jean Delay, *La jeunesse d'André Gide*, que dá título ao artigo publicado na revista *Critique*: *Juventude de Gide ou a letra e o desejo*.

O interessante, salientado pelo psicanalista, é que o biógrafo se utiliza das pequenas notas e das cartas escritas por Gide que, a seu ver, completam sua obra e lhe permitem a escrita do livro.

> É exatamente essa a matéria oferecida no livro em exame: notas pessoais de Gide para suas memórias, editadas sob o título de *"Se o grão não morre"*; trechos inéditos do *Diários*; cadernos de leitura, mantido dos 20 aos 24 anos e significativamente designado por ele como seu "subjetivo"; a imensa correspondência com sua mãe até a morte dela, quando Gide tinha 26 anos; e uma soma de cartas inéditas cuja compilação por seu círculo de relações fez aumentar-lhe o porte de edifício, proporcionalmente ao quadrado de sua massa aliada às cartas publicadas. (Lacan, 1966[1958]/1998, p. 752)

A importância do destaque é que, segundo Lacan, as cartas e notas aparentemente avulsas tinham um endereçamento. Um endereçamento a um biógrafo destinado a escrever sua história baseando-se em seu "subjetivo". Escrever em seu lugar sobre seus próprios rabiscos: era essa a intenção de Gide. E a própria escolha também não foi aleatória. Delay, além de saber escrever, era considerado um renomado psiquiatra que poderia, então, fazer bom uso de suas palavras.

É na escolha do biógrafo que nasce a grande surpresa. Ao não ter nenhum sinal de uma psicanálise aplicada, "Delay repele de pronto o que essa qualificação absurda traduz da confusão que reina nessa área. A psicanálise só se aplica, em sentido próprio, como tratamento, e, portanto, a um sujeito que

---

[10] Barthes, R. (1953/2004). *O grau zero da escrita*. São Paulo: Martins Fontes, p. 11.

fala e que ouve" (Lacan, 1966 [1958]/1998, p. 758) — a biografia vira um livro independente. Como aquilo já relacionado aos escritos escriptíveis: ocorre a produção de uma nova escritura.

O livro, ao não tratar de um método analítico que vise à decifração dos significantes, mostra-se como um processo investigativo e encontra sua própria narrativa como um autônomo material literário.

Tal brilhantismo faz jus à frase anunciada sobre o estilo: "o estilo é o objeto". A forma e o cuidado do autor foram determinantes para que ele, servindo-se das notas do outro, fizesse um livro seu. O objeto evidencia o estilo de Delay, marca a sua presença mais do que, curiosamente, a presença do biografado.

Barthes contribui para a compreensão do ocorrido com Delay com a construção de uma noção de estilo ao longo de sua obra. Ela é modificada de maneira a se afastar e se aproximar da ideia lançada por Lacan no texto salientado acima. Por fim, assemelham-se e, ambas, ajudam a pensar no estilo de um texto capaz de dar notícias do sujeito, por sua forma intransitiva.

Os primeiros escritos de Barthes aparentam dialogar com o texto lacaniano lançado posteriormente. Logo no início de *O grau zero da escrita* (Barthes, 1953/2004) o autor interroga o estilo. É tratando a língua como uma Natureza comum a todos, inclusive aos escritores, que ele abre o artigo dedicado ao tema. A língua seria uma espécie de habitat natural ao ser falante. Todavia, habitá-la não é garantia de lhe dar alguma forma digna de nota. A língua estaria, então, aquém da literatura. O estilo, nesse momento para Barthes, estaria no "quase" além. Há, no corpo do autor, imagens, passados, costumes que, gradativamente, viram automatismos de sua arte. "Assim, sob o nome de estilo, forma-se uma linguagem autárquica que mergulha apenas na mitologia pessoal e secreta do autor" (Barthes, 1953/2004, p. 10). O estilo entraria como à revelia do eu, não seria de sua intenção. Barthes o define: "ele é a coisa do escritor", quase como quem diz "ele é o seu objeto". Está diretamente associado ao corpo de quem escreve, ou melhor, à sua presença no texto. Ele complementa: "o estilo nunca é mais que metáfora, quer dizer, equação entre a intenção literária e a estrutura carnal do autor" (Barthes, 1953/2004, p. 11). É uma espécie de segredo guardado no corpo do escritor.

Seguindo no mesmo livro de Barthes, vê-se "O artesanato do estilo". Capítulo aberto pela frase de Valéry: "a forma custa caro" (apud Barthes, 1953/2004, p. 53), a defender que, ao não se servir de instrumentos já formados ou formatados, há de se pensar, sempre, no estilo. Ainda mais: há de se pensar no *cuidado* com o estilo.

> Começa então a elaborar-se uma imagística do escritor-artesão que se encerra num lugar lendário, como um operário que trabalha em casa, e desbasta, talha, dá polimento e incrusta a sua forma, exatamente como um lapidário extrai arte da matéria, passando nesse trabalho horas regulares de solidão e de esforço. (Barthes, 1953/2004, p. 54)

Isso lembra indicações presentes em livros com propostas de oficina literárias, como, por exemplo, *A preparação do escritor*, de Raimundo Carrero (2011). Ele concorda com Barthes que um bom texto não se resume a um trabalho de inspiração romântica geralmente atribuída aos escritores. Carrero é claro ao pedir que substituamos inspiração por eclosão. Como uma espécie de roubo de realidades somadas às vividas e fantasiadas que dão um bom prognóstico a uma folha em branco. Um constante lapidamento pelas palavras, um cuidado com o escrito que inclui releituras e leituras novas do mesmo texto para aludir ao que Barthes nomeia como o trabalho de um artesão: "Esse valor-trabalho substitui um pouco o valor-gênio; coloca-se uma espécie de vaidade em dizer que se trabalha muito e longamente a forma" (Barthes, 1953/2004, p. 54). Tal investimento no texto buscava aprimorar o estilo.

O responsável, segundo Barthes, por tal "escrita artesanal" foi Flaubert. Quando se escreve sobre uma experiência, e mesmo a partir dela, passamos a ter responsabilidade sobre a forma-escrita. Considera-se que a própria forma faz parte do conteúdo. A escrita artesanal teria vínculo, então, com a proposta performativa trabalhada pelo filósofo John L. Austin (demonstrada em seu livro *Quando dizer é fazer. Palavras e ação*, 1955/1962), visto que ambas designam uma intransitividade, uma realização por si mesma, em vez de se realizarem por meio de uma referência a uma exterioridade qualquer.

Na continuidade dos escritos cronológicos de Barthes vê-se a ideia de estilo se lapidar e começar a se aproximar de, e até se confundir com, um de seus conceitos mais caros: a escritura. Antes vinculado ao aperfeiçoamento da escrevência, *o estilo passa a ser condição da escritura.*

Ora, a escritura, intransitiva, ao incorporar tal noção, inclui o corpo do escritor. Ultrapassando significativamente uma preparação para a escrita, ao não ser mais reduzido à ideia de escrita artesanal (mais ainda a englobando), o escrito só é texto quando reconhecido por seu estilo.

Assim, inclui-se a concepção de estilo à composição do texto a fim de facilitar a compreensão do atravessamento do sujeito em seus traços. Ou seja, para pensar na escritura do que se escreveu de uma análise seria impreterível reconhecer traços específicos e singulares que anunciam, portanto, que o escrito pertence a quem escreve. *Tal reconhecimento, todavia, só pode ser feito por outro que não eutra.*

5. "Nada tenho a dizer a você, senão que este nada é a você que o digo."[11]

O escritor amazonense Milton Hatoum[12] sugere um percurso interessante ao ser questionado sobre sua posição como autor. Alega que, ou ele age como um verdadeiro apaixonado — que joga todas as suas fichas em sua história —, ou ela não funcionará. Acredito estar diante de uma bela aproximação com o que entendo ser a "parte" do analisando.[13] Ou ele se permite viver o amor de transferência até seu próprio limite, ou então pensamos que a escrita de sua história não se desenvolverá em um bom "livro".

Tal aspecto é evidenciado com a finalidade de mostrar o impreterivelmente associado à escritura, ou seja, assim como em uma escrita amorosa, ela precisa estar direcionada. Logo, é imprescindível que levemos em consideração os que recebem nossos textos, mesmo quando desconhecemos seu destinatário.

Barthes (1977/2003, p. 46) vai ao extremo ao tratar de uma carta de amor e concluir que (citando Freud com Goethe) *"nada tenho a dizer a você*, senão que este nada é a você que o digo: 'Por que recorres novamente à escrita? Não deves, querida, formular tão clara pergunta, pois, na verdade, nada tenho a te dizer; tuas mãos entretanto receberão este bilhete'". O receptor, no trecho acima, seria então o dono da mensagem enviada; ou melhor: o envio seria a própria mensagem lançada.

Em *Homenagem a Marguerite Duras pelo arrebatamento de Lol V. Stein* (2001[1965]/2003), Lacan fala, enquanto leitor, de seu arrebatamento causado pelo texto literário da escritora. Poderia dizer de sua apropriação do escrito do outro que permite ler, neste, o que aposta já ter defendido teoricamente.

a única vantagem que um psicanalista tem o direito de tirar de sua posição, sen-

---

[11] Barthes, R. (1977/2003). *Fragmentos de um discurso amoroso*. São Paulo: Martins Fontes, p. 46.
[12] Primeira Bienal Brasil do Livro e da Leitura realizada em Brasília, de 14 a 23 de abril de 2012.
[13] Ao menos no que se refere à(s) minha(s) análise(s).

do-lhe esta reconhecida como tal, é a de se lembrar, com Freud, que em sua matéria o artista sempre o precede e, portanto, ele não tem que bancar o psicólogo quando o artista lhe desbrava o caminho. Foi precisamente o que reconheci no arrebatamento de Lol V. Stein, onde Marguerite Duras revela saber sem mim aquilo que ensino. (Lacan, 2001[1965]/2003, p. 200)

Esse enunciado não é uma novidade aos leitores da *Gradiva*, texto freudiano de 1906 ao qual Lacan faz referência acima. Não podemos deixar escapar que, como leitor, ele (res)significa o texto do outro e produz nova escritura ao se interrogar através do escrito. Notadamente, é pela escrita que sabemos da escritura.

Acrescento: mediante a escrita de um texto provocado por outro, podemos saber qual era a nossa implicação como leitores que, encantados com um escrito, recusamos a postura de irmão pobre, surdo e mudo do autor. É pela leitura *a posteriori* que nasce, então, o já escrito.

Em boa parte de sua obra, Roland Barthes salienta a importância de construir uma teoria da leitura. Ressalta que muito se pensa e se questiona sobre a retórica e, em contrapartida, não há nada similar no campo da leitura. Diante da reivindicação de não haver teoria da leitura desenvolvida, parece que o próprio autor resolve criar o seu argumento. Ele nasce ao constatar a existência dos escritos surpreendentes, a transformar o leitor que, mal-acostumado, almeja (quase sempre) a compreensão. Os leitores são geralmente escorregadios diante de textos a lhes exigir, digamos, um pouco mais. Um pouco mais de corpo, para ser mais clara. Tais romances inventivos demandariam a presença corporal, e não somente a dos olhos dos leitores. Tomar o ato de leitura como algo vivo implica promover uma nova escritura.

Tal é a aposta barthesiana ao tentar discorrer sobre o tema. Uma maneira de estudar a obra pelo ângulo do leitor, e não do autor; pelo que o enlaça em uma escritura e o faça produzir um novo texto. Barthes se coloca, ao longo de seu percurso, na posição de quem não exclusivamente fala sobre alguma coisa, mas, também, faz alguma coisa a partir das escrituras que o antecederam. Identifica-se com a produção, e não com o estudo do produto.

É notória a multiplicidade de sentidos em um texto[14] e que não podemos ignorar seu aspecto conotativo cuja denúncia mostra que tanto um significado pode ter mais de um significante como um significante, vários significados.

---

[14] Pluralidade que se escancara quando lemos um texto pela segunda vez: nos deparamos com nossas próprias anotações e não sabemos quem foi aquele, com a minha letra, que achou o trecho interessante. Desejamos, por alguns instantes, que ele (em mim) me explique.

Tal polissemia marca a dificuldade da univocidade do sentido de um escrito e, consequentemente, suas várias leituras.

A própria psicanálise, desde os estudos sobre os sonhos, mostra, ao tomar o sonho como uma escrita, seu conteúdo manifesto a nos levar a inúmeros pensamentos latentes decorrentes de associações múltiplas a serem construídas na própria narrativa onírica. Assim, o texto do sonho a ser narrado em análise mantém seus sentidos antitéticos, tais quais a figurabilidade nas composições de letra e desenho.

Portanto, além do já sabido direcionamento de um escrito,[15] podemos acrescentar que tal destino nos dirá, posteriormente, pela sua leitura, o que havia sido escrito no texto.

Ou melhor, já sabemos que *alguém* escreve, certo está que *alguém* recebe. Concordamos também que *alguém* só escreve porque outro *alguém* recebe. *Sabemos*, num segundo momento, da influência do receptor no conteúdo da mensagem já escrita. Todavia, isso não implica uma ideia de determinismo ou destino que possa soar como o coloquial "já estava escrito". *Sabemos* que o que se escreveu já estava escrito. Entretanto, caso escrevêssemos outra coisa, certamente outra coisa já teria sido escrita.

É justamente dessa confusão que se compõe o conceito de *Nachträglichkeit*, traduzido em português por "só depois". A significação somente se contempla num momento *posterior*, em uma espécie de retroação que visa a dar coerência ao início da frase. É possível se aproximar de uma significação após um momento de espera para, ao final da frase, "só depois", constatar que a própria temporalidade foi *construída* da formação da frase. Ao destacarmos a insistência lacaniana na afirmação de que o inconsciente é aquilo que se lê (Lacan, 1972-1973/1985, p. 39), associamos à noção de temporalidade inserida pelo "só depois" o papel fundamental do leitor que marcará o inconsciente como o lido daquela escritura.

Em outras palavras, o inconsciente se configura posteriormente, por um efeito de retroação. Ou ainda, ele é *inventado* numa intermitente inter-relação temporal entre escrita e leitura.

O sintagma conhecido por "só depois", portanto, não traduz a ideia completa destacada pelo psicanalista francês ao pinçar o *nachträglich* freudiano. Segundo o *Dicionário comentado do Alemão de Freud* (1996), o termo em português

---

[15] Ideia também trabalhada por Lacan desde o conto de Edgar Allan Poe (1844/1944), *A carta roubada*, com a conhecida noção de que uma carta sempre chega a seu destino — texto que será mais bem abordado no próximo capítulo.

sugere exclusivamente um afastamento temporal do evento. Posteriormente, após certo distanciamento narcísico, o sujeito passaria a estar em melhores condições para avaliá-lo. Entretanto, o termo em alemão fornece um melhor esclarecimento na medida em que torna o sentido mais abrangente. O enfoque dado evoca a ligação permanente entre o passado e o presente, mantendo ambos sempre conectados. Como uma espécie de retorno ao passado no intuito de acrescentar algo que marcava uma falta ou, também, carregar do passado alguns conteúdos na possibilidade de atualizá-los. A tradução feita para o português perde a menção do efeito retroativo, da constante reedição que garante uma contínua conexão entre o passado e o presente.

O equívoco de tradução, ou melhor, a ausência de uma palavra de língua portuguesa que contemple o uso feito por Freud, contribui para o mal-entendido referente ao termo. Pensar que "só depois" eu tenho acesso a algo que já estava *lá* reforça a errônea concepção de tomar o inconsciente como um baú de memórias e, assim, o processo analítico como uma eterna caça ao tesouro. Ao contrário, trata-se do passado que não passa, do "passado na medida em que é historiado no presente porque foi vivido no passado" (Lacan, 1954/1993, p. 21). Daquilo que, à nossa revelia, insiste em fazer parte de nosso cotidiano e apresenta-nos um agora com sabor de passado e, ao mesmo tempo, um passado atualizado que sugere uma espécie de renascimento do vivido. Em outros termos: falamos aqui de *invenção*!

O analista não des-cobre nada que já esteja *lá*, encoberto, aguardando o grande dia, numa leitura solitária de um antigo trauma da infância. Não há nada coberto a ser desvelado. O que há é uma escrita vacilante passível de inúmeras mudanças e reachados que surge no nascer[16] de uma análise. Uma inquietante maneira do sujeito se apropriar de seus próprios rabiscos. Nas palavras de Lacan:

> Esse saber inconsciente, que consiste apenas na rede dos significantes de um sujeito, não é descoberto, mas inventado pelo sujeito em questão. É, com efeito, pelo seu dizer que o sujeito constrói mediante as palavras que pronuncia ou cala o Real que será doravante o seu. (Lacan, 1968, p. 126)

Isso posto, tomamos o efeito de arrebatamento de uma leitura, ilustrada acima via "Homenagem a Marguerite Duras", como o que entendemos sobre os textos escriptíveis barthesianos. Textos que, ao serem lidos, evocam a

---

[16] Marco o surgimento pois creio que, ainda no raciocínio apresentado que valoriza o leitor, o escrito muda tendo em vista seu endereçamento. Em análise trata-se de uma construção não linear que é resultado de um encontro transferencial. Aqueles que já se experimentaram com analistas distintos podem me ajudar a dar testemunho de que se trata de duas análises.

produção de uma (outra) escrita. Uma espécie de outra escrita do mesmo. Ler não seria, assim, um gesto parasitário.

Em *S/Z*, Barthes (1970/1999) não decifra nem decodifica o livro de Balzac, *Sarrasine*. Sequer nos situa no contexto do enredo ou visa a uma interpretação psicológica da obra. Pelo contrário, ao (de)mo(n)strar que escrita e leitura devem trabalhar juntas, poderíamos dizer que o autor produz um tanto de linguagem pela sobrecodificação do texto. Desdenha da posição de escrevente, que toma o texto como transitivo a ser meramente um instrumento de comunicação a ter a linguagem como principal ferramenta. Defende que o crítico de um texto escriptível seria também escritor. Ao recusar ser o consumista do texto legível, Barthes produz uma leitura-escritura desrespeitosa e apaixonada de Balzac.

O movimento lido nesse livro remete-nos à conduta de Lacan quando se nomeia freudiano. Trata-se de um movimento no qual se quebram os conceitos cristalizados que determinam o pensamento e cria-se uma leitura original. Segundo Bloom (2003), toda obra original nasce de uma prática de desleitura. Diferenciamos, então, o que chamamos de boa e de má leitura. Lacan foi um bom leitor de Freud e tornou o texto freudiano, via sua própria produção, um texto escriptível, no sentido barthesiano. Lacan praticou intensamente o movimento de desleitura do texto de Freud e convidou os psicanalistas que se nomeiam lacanianos a praticarem a mesma atividade — e não a conhecida má leitura que dá origem ao *lacanês*, num gesto, poderíamos dizer, não só parasitário como digno de um canibalismo identificatório.

Assim, para pensar no eutro que é desafiado a (ao mesmo tempo) escrever e ser escrito sobre o que se escreve de sua análise, consideraremos a importância das várias leituras que evocam e provocam o seu desejo de escrita. Escritura que nascerá a considerar essa teoria da leitura na qual somos produtos do texto lido e parte importante do *espaço literário* (para aludir a Blanchot, 1995/2011). Ter o leitor não exclusivamente como um consumidor passivo, além de ser o que está em jogo para Barthes na literatura, é o que se aproxima do que entendo por escrita clínica — visto que transmitir uma análise exige mais do que nos colocarmos na posição de escreventes que aspiram a contar o ocorrido. É necessário colocarmo-nos na posição de escritor, haja vista nosso compromisso com a linguagem.

A única responsabilidade do escritor, segundo Barthes, é a de suportar o texto como um engajamento fracassado, haja vista a impossibilidade de uma escritura plena. Tarefa árdua embora comungada para a escrita deste texto.

Parte II
ESCRITA

1. "Nil Sapientiae odiosius acumine nimio."

"Nada é mais odioso para a sabedoria do que muita astúcia", diz a tradução da célebre frase de Sêneca, *"Nil Sapientiae odiosius acumine nimio"*, escolhida por Edgar Allan Poe como epígrafe de seu conto *A carta furtada* (1844/1944).

Em uma Paris obscura e outonal, o narrador e o detetive Dupin são surpreendidos pela presença do chefe de polícia, Sr. G. A visita transcorre num tom sombrio, numa atmosfera turva pela fumaça do cachimbo. Ao hesitar acender o pavio, Dupin observa que o conteúdo da conversa mantida por eles exigia reflexão, não clareza: "examiná-lo-emos melhormente no escuro" (p. 331). A atitude faz o detetive parecer *esquisito* aos olhos do Sr. G., assim como tudo o que lhe foge à compreensão.

A intenção do chefe da polícia era relatar o roubo de uma missiva nos aposentos reais, realizado pelo Ministro D. escancaradamente sob os olhos da rainha, a dona da carta. Esta permanece imóvel, pois há um terceiro na sala que impossibilita qualquer reação: o rei. O problema parece bastante simples, uma vez que se sabe quem é o ladrão. Busca mais cuidadosa e minuciosa seria impossível a qualquer policial treinado, principalmente tendo o sagaz Sr. G. no comando e, no entanto, eles não obtiveram sucesso na captura da carta.

Inconformado, o chefe de polícia detalha ter feito tudo o que estava ao seu alcance na tentativa de reaver a missiva; usou de todo o seu amplo conhecimento em anos na polícia — o que não o torna, portanto, ingênuo na busca de um objeto roubado. Tanto esforço se deu não exclusivamente por vaidade, tendo em vista a generosa recompensa dada a quem bem executasse a tarefa.

"Talvez seja a própria simplicidade da coisa que o induz a erro" (p. 332), alega Dupin, no que é prontamente desconsiderado e, novamente, tido por *estranho*. "Um pouco demasiado evidente" (p. 332), o detetive insiste, e tal teimosia resulta numa gargalhada destituinte por parte do policial.

Após manter seu poder por três meses em função da carta e escapar das emboscadas armadas pela polícia, o Ministro D. mostra-se mais astuto que o Sr. G. Ao se reconhecer menos esperto que o ladrão, ainda mais descontente, o chefe de polícia volta a visitar Dupin. Entre lamúrias, o policial reforça estar disposto a oferecer uma gratificação de cinquenta mil francos àquele que o aconselhar em sua empreitada. Subitamente, o detetive confessa estar em posse da missiva e, recebe, então, o montante de dinheiro mencionado. Estupefato diante da cena, no momento seguinte, o narrador recebe explicações de seu amigo Dupin sobre o êxito em sua missão.

Alegou que pensara como supunha raciocinar o atento Ministro. Constatou que toda a meticulosa e precisa tentativa de apreensão do policial já lhe teria sido certamente imaginada. "Vi, finalmente, que ele seria levado, como coisa natural, à simplicidade, senão deliberadamente induzido a isso, por uma questão de gosto" (p. 343). Relembra as risadas do policial que o fizeram parecer ainda mais tolo dando, assim, garantias de que a clareza ainda não havia sido especulada. Conclui, então, que o sagaz ladrão provavelmente sequer havia escondido a missiva. Ao acertar em cheio, recuperou a carta roubada.

Lacan (1966[1957]/1998) escolhe trabalhar o automatismo da repetição com esse conhecido conto de Edgar Allan Poe na abertura de seus *Escritos*. *Lettre* traz sua ambiguidade, letra, que será um conceito caro a Lacan no decorrer de seu percurso teórico; mas, aqui, vem acompanhada da ideia de missiva. Carta que elucida a relação metafórica do significante que insiste, de fora das séries numéricas, e possibilita o deslizamento da cadeia. O psicanalista reforça que os personagens do conto serão unicamente definidos perante sua posição em relação à carta. Definição cuja clareza é considerada pelas duas cenas que se repetem e orientam suas diferentes localizações ao longo da história.

A primeira cena resulta do momento em que, ao ler a carta, a rainha é surpreendida pela chegada do rei que nada vê e sequer pode ter conhecimento do conteúdo da missiva, obrigando-a, então, a deixá-la em cima da mesa, virada do avesso, a fim de não chamar a sua atenção. Desviada do olhar do rei, a carta não permanece oculta aos *olhos de lince* do Ministro D. a também adentrar o recinto. Discretamente, ele tira do bolso uma carta semelhante e a põe no lugar da outra, roubando, assim, seu objeto precioso.

A cena dois, que marca a repetição, se inicia de uma aparente despretensiosa visita de Dupin ao Ministro D. Tão rápido como o ladrão da primeira cena, o sagaz detetive inspeciona seu escritório e percebe, também deixada a olhos nus, a carta que despistou toda a polícia parisiense. Retorna no dia seguinte com seu plano já elaborado: paga para um sujeito causar uma confusão na redondeza, o que atrai a atenção do Ministro e o faz estar no lugar da rainha da primeira cena, ao também denunciar (posteriormente) ser o responsável pela carta furtada.

Tal abordagem já foi exaustivamente trabalhada por comentadores que pretenderam discorrer sobre o conceito de repetição na obra lacaniana. Mas, caso investíssemos em olhar o conto com uma lupa de microscópio e analisar cada trecho da leitura de Lacan, poderíamos contribuir ainda mais com a voga teórica que circunda o texto, visto que, certamente, haverá algum buraco a denunciar o não pensado. Como, penso aliviada, em todos os escritos teóricos. Contudo, lendo tal escritura, opto pelos *olhos de lince* mediante o ângulo da clareza.

Todo o conto é anunciado na epígrafe.

Sabemos, pela fala do Sr. G., que o Ministro D. não "é de modo algum maluco, mas é *poeta*" (p. 335). Eis a principal pista dada a Dupin. "Como poeta e matemático, ele raciocina bem; como simples matemático, ele não raciocinaria absolutamente e assim estaria à mercê do chefe de polícia" (p. 342), diz Dupin, ao esclarecer como desvendou a charada. O Sr. G. não percebeu que, desde o início, o mais desejado não estava escondido nos detalhes improváveis, no mais obscuro esconderijo do Ministro D. O ambiente era sombrio; a carta, entretanto, imersa em tamanha fumaça destacada pelo contexto, permanecia na superfície. O mistério que desconcertou o chefe de polícia se dissolve na evidência, pela iluminação que, lembremos, não vem da luz, mas, sim, da reflexão.

Vem da *esquisitice* do poeta. Do esquisito saber advindo do poeta.

Freud (1908/2015), em *O escritor e a fantasia*, suscita dúvidas sobre esse saber ao questionar a fonte de sua matéria-prima. Primeiramente, diz não se tratar de um saber ensinado; mesmo ao questionar o escritor sobre sua inspiração, não haverá demonstração cuja ajuda nos faça poetas. Nenhuma oficina literária produz poemas como um bom estudo de matemática resolve equações.

Às voltas com a inquietação despertada pela poesia, o psicanalista percebe semelhanças entre o brincar infantil e a produção literária. Acrescenta, porém, que para além das fantasias sedutoras dos artistas impressas em suas respectivas obras e do encanto da *brincadeira séria* da criança, há os devaneios das ditas "pessoas comuns" advindos da mesma origem. Devaneios que aparentam dispensar afetos contrários àquele que escuta. Quando tal público dito "normal" adoece e é convidado a expor suas fantasias mais íntimas para o analista visando, então, a cura de suas angústias, causa o avesso do exibicionismo frequente do artista. São fantasias que se assemelham ao material criado pelo poeta, no sentido de serem da mesma procedência, mas causam reações adversas àquele que as produz: constrangimento, vergonha e repulsa.

Segundo Freud, trata-se de uma relação que, via desejo, entrelaça o presente, o passado e o futuro. Pela articulação do desejo com a fantasia, fazemos um curto-circuito com nosso tempo cronológico no qual "passado, presente e futuro são como que perfilados na linha do desejo que os atravessa" (Freud, 1908/2015, p. 332). Ideia a salientar meu encantamento pela língua alemã que, mediante uma só palavra, apresenta o desejo imerso na fantasia. *Wunschphantasie* se traduz, ao pé da letra, por "fantasia-desejo".

Língua também a apresentar peculiaridades ao tema desse ensaio freudiano, que se denunciam nas diferentes traduções do próprio título do artigo, *Der Dichter und das Phantasieren*. Gomes Mango (2013) faz uma breve passagem sobre *Dichter* e é enfático quanto a tentativa de aproximação pela tradução, visto que não há equivalente em língua francesa — sequer em língua portuguesa, acrescento. Sendo um termo coloquial alemão, ele designa, num sentido restrito, o poeta que escreve poemas e, numa acepção mais ampla, seus supostos sinônimos: escritor, narrador e autor. Freud pretende, em 1908, mencionar justamente esse sujeito singular que tem o poder de, pela sua produção artística, nos perturbar intensamente — seja ele um grande poeta ou um grande escritor. Mas não trabalha, portanto, com os narradores menos estimados. Perturbação cujo reflexo é o momento em que o artista nos deixa ver sua verdade através do que soube fazer com as palavras que originaram sua obra.

Nas palavras de Goethe (1831, p. 208) em sua autobiografia, *Poesia e verdade*, sobre a já explorada questão da realidade *versus* ficção, há a menção a essa verdade. "Isso é tudo que resulta de minha vida, e cada um dos fatos aqui narrados serve apenas para fundamentar uma observação geral, uma verdade mais elevada."

Tal verdade mais elevada estaria vinculada ao *saber do poeta*; ou, ainda, com Freud, ao seu material criativo. Transmitir com frescor seus arroubos de realidade pelas suas fantasias parece, então, associar-se aos arrebatamentos que uma obra nos causa — diferenciando-se, radicalmente, da ojeriza de algumas fantasias íntimas quando contadas por alguém. Parece que aqui, novamente, deparamo-nos com a conjectura de que alguns sabem o que fazer com a linguagem nessa espécie de curto-circuito temporal que origina uma fantasia, e outros, não.

É certo a uma análise não *transformar* o analisando em um escritor criativo. E tampouco que o talento dos poetas seja determinado ou resultado de uma análise prévia. O que defendo é outra coisa: atravessado por sua experiência com a linguagem, o sujeito terá recursos provindos de uma *dose de criatividade* que é resultado do processo inventivo e singular de cada um. Cada qual, portanto, melhor pode dar testemunho sobre seus saberes adquiridos a lhes permitir fazer algo novo diante do mesmo; ou, ainda, do que *se escreveu de suas psicanálises*. Eu, contudo, tomarei como referência essa dose de invenção associada à literatura, que, ao produzir rumores na língua, se fará linha condutora do argumento.

Saber este que pode ser elucidado como um *savoir (y) faire* feito com a linguagem pelos escritores criativos. Ao ser esquisito, *como tudo que é atribuído ao que geralmente escapa à compreensão*, constrói-se, então, seu próprio material literário. Estranho saber que, como vimos, permitiu a Dupin desvendar o mistério do esconderijo da carta roubada pelo Ministro D.

E, para finalizar, ainda servindo-nos dos *olhos de lince* de Dupin e do saber que ampara a percepção do que está posto aos nossos olhos, retomamos a Parte I — *Autoria* com a questão: onde tal esquisitice poética pode facilitar nosso *olhar* com relação ao que foi exposto?

Tentei evidenciar ao longo dos capítulos precedentes que, se há uma autora de uma escritura do que se escreve de uma análise, ela foi nomeada como eutra. Nome e significante que vêm de um neologismo poético a juntar "eu" e "outra". Parece ser justo afirmar que o argumento para sustentar a ideia foi exposto. Todavia, cabe questionar o que salta aos *olhos* na construção poética da palavra. Há um resíduo elipsado, o "o" de *o*utra, que, em sua ausência, possibilita a construção, via poesia, da palavra denominada à autora da escritura.

2. UM BREVE PASSEIO ENTRE LINGUÍSTICA E PSICANÁLISE

A explorar o que entendo como um bom uso da língua(gem), seguirei a sugestão freudiana feita em 1910 em *Sobre o sentido antitético das palavras primitivas*: "E a nós, psiquiatras, impõe-se de modo imperioso a suspeita de que entenderíamos melhor e traduziríamos mais facilmente a linguagem dos sonhos se conhecêssemos mais a sua evolução" (Freud, 1910/2013, p. 321).

Sendo o fundador da linguística moderna, Saussure é responsável por uma mudança essencial na evolução da disciplina. Perceber a língua como escorregadia o incentivava a pensar em sua construção, posto que uma questão só é valorizada mediante sua relação com as demais. Deslize a lhe fazer inapreensível: "ela está sempre em um ponto diferente daquele no qual acreditávamos apreendê-la, sem, aliás, deixar de estar no ponto em que achávamos que ela estava" (Arrivé, 2007/2010, p. 44).

Em busca de tal encadeamento escorregadio, vemos ser indispensável compreender o signo, para então considerar o sistema no qual ele está constituído. Para Saussure o signo é a unidade linguística fundamental na qual seus termos, significante e significado, não são separados, não são hierarquizados e sequer são autônomos.

Seguindo com identificação ao campo em que está situado, o conceito de signo também sofreu *deslizamentos* importantes. Ele começa com a definição saussuriana a qual já exclui uma concepção anterior: "O signo linguístico não une uma *coisa* a um *nome*, mas um conceito a uma imagem acústica" (p. 106). Elidir a coisa visava a não dar margens ao que esboçava uma teoria do referente. Sob nova configuração, o signo se apresenta como a união de um conceito a uma imagem acústica. Substituição ainda a não se fixar, visto que, em seguida, ele é finalmente definido pelo total que engloba os vocábulos *significante* e *significado* (sendo o significante a imagem acústica e o significado, o conceito). Ou seja, o signo linguístico une um significante a um significado, o que é completamente diferente de afirmar uma percepção nominalista e simplista a unir uma palavra a uma coisa.

Seus dois componentes são separados por uma linha que é destinada somente a uma divisão gráfica. Embora o significado sempre apareça representado sob o significante, nada induz a uma relação de hierarquia. Pelo contrário, faz mais menção a uma conveniência. A relação recíproca entre os termos é demonstrada pelas setas em sentidos opostos que circulam sua representação circular compondo o signo, a qual marca o fechamento do significante referente a um significado.

Ora, a construção de tal correlação, entre significante e significado, constitui um signo na medida em que ele se diferencia, reciprocamente, de um outro signo no sistema nomeado como língua. Menção a um dos princípios que o regem: sua arbitrariedade. Princípio que leva em conta a totalidade na relação direta entre suas duas faces.

Eis um dos pontos de interesse: a arbitrariedade do signo.

Ao tomar o signo como arbitrário, a língua estaria, assim, submetida à lei de um dualismo absoluto. O arbitrário nomeia o suposto encontro casual e natural do significante com o significado. Exclui, então, o equívoco na medida em que o signo não pode mais ser pensado diferentemente daquilo que ele é (Milner, 1978/2012, p. 60). Estaríamos, portanto, negando nossas histórias como um "conto de falhas". Estariam elas, assim, muito mais aptas a serem fidedignamente relatadas sem fissuras — quem sabe, por um bom escrevente biográfico.

Sendo toda a teoria freudiana coextensiva ao campo da palavra, Freud já denuncia sua fragilidade: não dizemos tudo e, mesmo quando falamos, nem sempre se trata do que gostaríamos — falamos, quase sempre, mais ou menos o que 'deveríamos', ou ainda, falamos o que não 'deveríamos'. É imerso nesse contexto que Lacan, em 1957, relê Freud somando acréscimos saussurianos. *A instância da letra no inconsciente ou a razão desde Freud* se inicia ao retomar o já proposto, anunciando que o inconsciente comporta toda a estrutura da linguagem e não somente é a caixa-preta dos instintos. Avança a um ponto crucial: a língua não é uma superestrutura. Assim, é a linguagem que determina as trocas, e não as trocas que determinam a linguagem. Ou ainda, ao tomá-la como uma infraestrutura, podemos caminhar mais e marcar a própria submissão do homem à linguagem. Ela o comporta, não somente o contrário.

O psicanalista segue com a alusão, já modificada e não salientada, ao algoritmo saussuriano. Modificações essenciais para entender seu jargão "o inconsciente é estruturado como uma linguagem". Distinguiremos alguns pontos principais:

• Primeiramente, Lacan coloca o significante sobre o significado, marcando uma hierarquia até então inexistente;

• Tira as setas que garantiam a reciprocidade e também o círculo que envolvia significado e significante a contemplar a unidade do signo linguístico;

• As "duas faces" são substituídas por dois algoritmos, o que permite, somado à ausência da elipse, a perda da unidade estrutural do signo;

• Por fim, nomeia a linha divisória como uma barra que marca uma resistência à significação.

Arrivé (2010) relembra que, embora o significante lacaniano tenha como epônimo e como étimo epistemológico o significante saussuriano, trata-se de um conceito distinto. Afirmação facilmente confirmada pelas quatro alterações referenciadas acima. O significante lacaniano tem uma herança do significante de Saussure, mas seria um erro tomarmos um pelo outro. Lacan, investigando o inconsciente, modifica o conhecido conceito de significante. Usa-o para se beneficiar da teoria já criada, mas se diferenciando dela de modo radical. Nancy (1973/1991) acrescenta que não se trata somente de uma diferenciação; a teoria lacaniana do significante se funda na destruição da linguística a lhe servir de base.

Evitando a ideia de compreensão, o psicanalista caminha na importância do equívoco permitindo que um significante remeta a um outro significante, e não a um significado colado arbitrariamente. Em seu *O seminário, livro 3: as psicoses* (1981[1955]/2008), ele demonstra tal deslizamento — que será posteriormente teorizado em *O seminário, livro 5: as formações do inconsciente* (1998[1957]/1999), a delatar o que já estava lá, anos antes, como teoria.

> A linguagem funciona inteiramente na ambiguidade, e a maior parte do tempo vocês não sabem absolutamente nada do que estão dizendo. Na nossa interlocução mais corrente, a linguagem tem um valor puramente fictício, vocês atribuem ao outro o sentimento de que estão sempre entendendo, isto é, de que vocês são sempre capazes de dar a resposta que se espera, e que não tem nenhuma ligação com qualquer coisa que seja possível de ser aprofundada. Os nove décimos dos discursos efetivamente realizados são completamente fictícios. (Lacan, 1981[1955]/2008, p. 139)

* * *

> Lembro-me de um garotinho que, quando recebia um tapa, perguntava — *É um carinho ou uma palmada?* Se lhe dissessem que era uma palmada, ele chorava, isso fazia parte das convenções, da regra do momento, e, se fosse um carinho, ficava encantado. (Lacan, 1981[1955]/2008, p. 15)

Cair na armadilha da linguagem é crer que há um significado dado. Ao contrário, ela funciona justamente no campo da ambiguidade designada, inclusive, por sua própria construção. Caso inicie uma frase com a expressão: "Mal começou...", terei acesso a uma significação. Todavia, se falar: "Começou mal...", terei um outro sentido. Eis aqui um exemplo de efeito de significação simples sem ser simplório, uma vez que mostra a produção de sentido pela posição dos significantes. A importância temporal do significante apoia, então, toda a teoria do inconsciente. Ao termos um efeito de significação novo, não contido nem no "mal" e sequer no "começou", damos atenção à posição dos significantes.

Sobre isso, às voltas com a definição de significante, Lacan considera sua dimensão linear e horizontal, impressa pelo seu caráter escorregadio que se nega, a todo instante, a ser a presa da significação. Como então vislumbrar seu efeito de sentido? O psicanalista responde, desde seu trabalho de 1953,[1] com o desenvolvimento da tragédia *Atália* (Racine, 1949/2005). Ele interrompe o deslizamento eterno do significante com a noção de fim — mesmo que mítica — apresentada pelo *ponto de basta*. Seguimos com Lacan (1966[1957]/1998):

> Pois o significante, por sua natureza, sempre se antecipa ao sentido, desdobrando como que adiante dele sua dimensão. É o que se vê, no nível da frase, quando ela é interrompida antes do termo significativo: Eu nunca... A verdade é que... Talvez... também... Nem por isso ela deixa de fazer sentido, e um sentido ainda mais opressivo na medida em que se basta ao se fazer esperar. (p. 505)

Seguindo a leitura de *A instância da letra no inconsciente* Lacan salienta, portanto, outra divergência com Saussure, agora em relação ao seu segundo princípio: a linearidade do significante. Valorizando a formação horizontal da cadeia saussuriana, o autor marca a insuficiência do argumento em nosso, poderíamos dizer, *ponto de basta da articulação entre o linguista e o psicanalista*. Ou seja, cria sua contradição, valendo-se da *linguagem poética*. "Mas basta escutar a poesia, o que sem dúvida aconteceu com F. de Saussure, para que nela se faça ouvir a polifonia e para que todo o discurso revele alinhar-se nas diversas pautas de uma partitura" (1966[1957]/1998, p. 507).

Afirmação nada nova quando articulada aos imprevistos da significação mediante o equívoco da língua. Freud (1916/2014), em suas conferências instrutórias sobre os atos falhos, já anuncia:

> Na vida real, esse lapso poderia perfeitamente não ter sentido nenhum, constituir um acaso psíquico ou apenas em casos muito raros revelar-se pleno de significado; o escritor ter-se-ia aí reservado o direito de intelectualizá-lo, de dotá-lo de sentido apenas para utilizá-lo a favor de seus próprios desígnios. Não seria, contudo, de admirar se tivéssemos mais a aprender sobre o lapso verbal com o poeta do que com o filólogo ou o psiquiatra. (p. 48)

O discurso é constituído tanto pela sua vertente metonímica como pela sua vertente metafórica. Desde *A interpretação dos sonhos* (1900/2012) as semelhanças são visíveis. Tomar a linguagem dos sonhos como um rébus, e não como "ler na borra de café", já sugere o deslizamento metonímico e o efeito metafórico de cada significante. Não foi em demasia que o criador da psicanálise valorizou tal texto. Sua frustração primeira pela ausência de

---

[1] Que, a meu ver, é um seminário também dedicado ao significante.

leitores é bastante compreensível, tendo em vista que o sonho não é somente a via régia para o inconsciente, mas também é a teoria cuja companhia traz as leis que regem o inconsciente em sua extensão mais geral.

Regras entrelaçadas às correlações léxicas e semânticas a serem privilegiadamente consideradas nesses míticos e constantes efeitos de sentido retroativos, desencadeados pelos nossos *pontos finais*. Pontos que demarcam o enredo que escolhemos a definirem nossas estórias.

3. LACAN ENCONTRA BARTHES

Anos depois, pelo contato com o Oriente, Lacan se vê obrigado a repensar ainda mais a linguagem e, por conseguinte, a linguística. A construção da língua japonesa e chinesa é diferenciada da nossa e ao ser, assim, impactado em sua cultura, o psicanalista pôde elucidar ainda mais sobre o já exposto de sua teoria. Percebe ser necessário retomar o conceito de significante contrapondo-o ao de letra. Letra, portanto, aparece não mais exclusivamente em sua condição de suporte material ao significante.

Imerso nessas especulações Lacan revê o funcionamento do inconsciente estruturado como uma linguagem (a do Ocidente?) e, mediante o contato visual com o já suposto criado teoricamente, escreve *Lituraterra* (2001[1971]/2003). Não é por acaso que há, no texto e no seminário destinado ao tema, a ênfase ao sobrevoo de retorno do Japão. A questão torna-se evidente no caminho de volta do Oriente. É somente após o contato com uma língua cujo convite constante à tradução, marcada por uma diferenciação mais visível entre fala e escrita aparece, que o psicanalista retoma sua teoria psicanalítica vinculada à linguagem, reconhecendo-a, portanto, como insuficiente.

Lituraterra é um ensaio encomendado sobre literatura e psicanálise. Na escrita do texto, Lacan evidencia, pela *arte* vista na *caligrafia*, um "tantinho de excesso" (p. 20) a sugerir que a letra lhe faz cócegas, justo na conta certa para senti-la, salienta. Ele precisou *sentir* essa produção de transbordamento da letra, visto já prever o impacto por não ser ignorante quanto ao idioma japonês. Saber sobre a singularidade da língua oriental não lhe foi suficiente, houve a necessidade de experienciá-la. Um extra, se assim a posso chamar, não permitido a se compreender nem decifrar, que rompe com o sentido e apresenta um afeto perdido concomitante à tentativa de descrevê-lo.

É nesse contexto que Lacan apresenta suas ideias.

A fim de articular o já proposto vinculado ao poético, remeto-lhes à referência lacaniana à peça *As nuvens*, de Aristófanes (1988) — apresentada no festival das Grandes Dionísias, no ano de 423 a.C. É tal comédia que o ajuda a dizer de sua experiência no avião quando regressava do Japão e avistou de sua janela,

> por entre-as-nuvens, o escoamento das águas, único traço a aparecer, por operar ali ainda mais do que indicado o relevo nessa latitude, naquilo que na Sibéria é planície, planície desolada de qualquer vegetação, a não ser por reflexos, que empurram para a sombra aquilo que não reluz. [...] pois é justamente nas nuvens que Aristófanes me conclama a descobrir o que acontece com o significante: ou seja, o semblante por excelência. (Lacan, 2001[1971]/2003, p. 22)

As Nuvens conta a história de um homem, Strepsíades, cujo insucesso em apreender as aulas de Sócrates em "O meio de vencer demandas" (p. 60), tanto por covardia como por burrice, obriga-lhe a enviar, em seu lugar, o seu filho Fidípines. Nada mais coerente, dado que objetivava ser fluente na arte da retórica para sanar as dívidas crescentes acumuladas pelo mesmo filho em razão de seu vício em cavalos.

Aprender a dominar as palavras transformando o pior em melhor, ser "como perfeita Flor da oratória, como um consumado Tratante, palavroso e descarado" (p. 69), foi almejado pelo velho Strepsíades para seu filho. Fidípines se adaptou tão bem ao moinho de palavras apresentado pelo mestre que, ao final, para grande arrependimento do pai, tornou-se capaz de mostrar, pelo domínio de uma língua afiada, que é justo lhe espancar mediante a arte aprendida e, confirmando seu saber, realiza o ato.

Sócrates e seus alunos renegam o saber advindo dos Deuses. Para a arte da retórica e sucesso no ensino de Fidípines, veneram *as nuvens* — que, na peça, são representadas por um coro feminino. As nuvens apresentam, pela sua própria forma, o inesperado da linguagem, sua mutação, sua ausência de controle e de significado pré-determinado. O fugidio das palavras, poderíamos descrever. Elas simbolizam, ao mesmo tempo, situações opostas. São representadas pela leveza dos vapores e, simultaneamente, pela violência de um trovão. "Temos que deduzir que as nuvens podem assumir qualquer forma que desejem" (p. 73), ensina Sócrates aos seus discípulos.

Além de abrir os *Outros escritos*, também encontramos o ensaio *Lição sobre lituraterra*, no capítulo VII do *Seminário, livro 18: de um discurso que não fosse semblante* (1971/2009). Marcamos a dupla presença, pois, ao buscar um discurso que escape ao semblante, aproximamos a metáfora das nuvens justamente ao conceito de significante. O significante porta o semblante. As nuvens, por sua característica de mutação, "podem assumir qualquer forma", assumem o que desejamos ver nelas. Elas envelopam a ausência de imagens, o vazio de sentido, e nos fazem acreditar que há, ali, algo que não está.

Tal embrulho do vácuo representado pelo enevoamento ecoa ainda mais o que o Oriente escancara sobre a significação. Essa ilustração — embrulho vazio — nos ajuda a pensar sua própria função. É nesse momento do texto que Lacan recorre a Barthes com *O império dos signos,* que, para ele, poderia se chamar "O império dos semblantes". Ponto, dessarte, necessário para retomarmos a construção poética a dar origem ao neologismo que, por sua vez, é transformado em significante a envelopar a ausência do "o" já referenciado e dar voz à eutra — responsável pela escritura do que se escreve de *minha análise*.

Elucidamos, pelo "o" esquecido a construir o vocábulo, o que repetidamente ouvimos sobre *o que não cessa de não se escrever* em uma escritura. É pela constante *não escrita* da *letra* "o", não contemplada por nenhum sentido solitário e sequer referenciada a uma significação, que vemos a operação de construção do significante neológico novo. Palavra que serve para demonstrar a fusão entre eu e outra especificamente no processo de escrita do efeito de uma vivência como analisante. É da presença negativa deste resíduo, deste resto, a denunciar o que não se pode dizer, o que se perde, o que insiste em não se escrever; que eutra escreve a escritura do que se escreveu de *sua análise*.

4. UM JANTAR (À LUZ DE VELAS) COM ROLAND BARTHES

Em *O império dos signos* (1970/2007), Barthes discorre sobre um *sistema simbólico inédito* que ele nomeou como "Japão". Embora advirta que não podemos tomar o Oriente e o Ocidente como realidades empíricas em seus escritos, ele passeia tranquilamente por diversos aspectos da cultura japonesa e, quase como um diário de viagem, mescla fragmentos de textos com fotografias a nos aproximar de sua vivência. O autor abre o livro, porém, a salientar fotografias cujo objetivo não é comentar ou ilustrar o conteúdo de seu texto.[2] Servem na medida em que se entrelaçam com as experiências vacilantes em significação apresentadas por sua estada no Japão.

Em alguns momentos do livro barthesiano, a leitura se mistura com as provocações de Lacan. Ambos parecem falar uma língua muito similar quando sobre o estrangeiro.

[2] Como nos lembra *Nadja* (1964/1987), de André Breton.

Barthes diz que o Japão o colocou em posição de *escritura* a partir do contato com um esvaziamento da fala capaz de abalar todo o seu sentido. Foi "sob o efeito de outros recortes, de outras sintaxes, descobrindo novas posições do sujeito da enunciação" (Barthes, 1970/2007, p. 11) que ele operou os frutos de tal descoberta em seu texto. A arte de trapacear com a linguagem, de tecer os significantes a fim de criar um escrito com base no próprio aflorar da língua, é o que ele nos traduziu com a sua literatura. E é nesse jogo de palavras a respeito do Oriente que somos convidados a caminhar em *O império dos signos*.

Apresentados a uma variedade de pormenores japoneses, desde peculiaridades alimentares até curiosos costumes, conhecemos os "pacotes". Barthes dedica um capítulo de sua obra para explorar esse assessório passageiro aos nossos olhos ocidentais que lá se tornam o próprio objeto. Eis um dos pontos de maior aproximação com o texto lacaniano e com a proposta citada sobre o "empacotamento" de uma letra que não significa nada além de seu próprio esvaziamento e, pela poesia, pôde, mediante sua ausência, construir novas significações. Os pacotes salientados por Barthes discorrem, assim como o "o" faltante, sobre a ideia de um *embrulho vazio*.

O presente mais simplório vem delicadamente embalado, com um cuidado extremo, como se trouxesse, dentro dele, uma preciosidade. Mas não; diríamos, em suma, que a caixa é o próprio presente. Ela tem seu valor na medida em que esconde um objeto, mascara o porvir a ser, na cultura japonesa, ainda mais adiado para manter "as aparências", poderíamos concluir. Há um presente que contrasta a forma e o conteúdo. Em suma:

> A caixa brinca de signo: como invólucro, *écran*, máscara, ela *vale por* aquilo que esconde, protege e contudo designa: ela *trapaceia*, no duplo sentido, monetário e psicológico; mas aquilo mesmo que ela contém e significa é, por muito tempo, *remetido para mais tarde*, como se a função do pacote não fosse a de proteger no espaço, mas a de adiar no tempo; é no invólucro que parece investido o trabalho da *confecção* (do fazer), mas exatamente por isso o objeto perde algo de sua existência, torna-se miragem: de invólucro a invólucro, o significado foge, e, quando finalmente o temos (há sempre qualquer *coisinha* no pacote), ele aparece insignificante, irrisório, vil: o prazer, campo do significante, foi experimentado: o pacote não é vazio, mas esvaziado: encontrar o objeto que está no pacote, ou o significado que está no signo, é jogá-lo fora: o que os japoneses transportam, com uma energia formigante, são afinal signos vazios. (Barthes, 1970/2007, p. 62)[3]

---

[3] Sempre o tempo, lógico!

É, desse modo, um embrulho esvaziado de expectativa e isento de um sentido por vir. O importante é a forma, a duração e sua ausência de significação: o emoldurar (mesmo que não haja nada dentro).

Parece que o autor nos prepara, mediante toda essa introdução, para apresentar os *haicais*. É no capítulo sobre o "arrombamento do sentido" que ele inicia a exploração sobre tal forma mínima de anotação do presente. O Ocidente aparece como o contraponto do haicai. Ele é cheio de definição marcando a sua tendência à ausência de acidentes: tudo faz sentido, inclusive o não-sentido. A tarefa mais complicada seria a de recusar a coerência e não a de dar nome às coisas. Esta, segundo o autor, já fazemos naturalmente, sem que nos exijam muito esforço.

O breve poema japonês rompe com a forma e com a métrica. Sua arte não é descritiva e, diferente dos escritos que visam à incompreensão, ele é perfeitamente legível. Sua brevidade demonstra o ato mínimo da enunciação e, através dela, nos apresenta a própria coisa. Um exemplo que suscita a ideia que tentamos defender de que, *pela escritura, temos acesso ao escrito — no sentido simples do termo — englobando o que insistentemente não se escreve e possibilita a própria escrita*. Uma espécie de criação poética que visa ao esvaziamento e à isenção de fundamento mediante uma forma simples e breve: eutra.

> Eu me explico: uma parábola Zen diz, num primeiro tempo: as montanhas são montanhas; segundo momento (digamos de iniciação): as montanhas não são mais montanhas; terceiro momento: as montanhas voltam a ser montanhas. É uma volta em espiral. Poderíamos dizer: primeiro momento: o da Tolice (ela existe em todos nós), momento da tautologia arrogante; segundo momento: o da interpretação; terceiro momento: o da naturalidade, do haicai. (Barthes, 1979/2005, p. 168)

N'*A preparação do romance I: a vida como obra* (2003[1978-1979]/2005) Barthes escolhe, para chegar à construção do romance, começar seus questionamentos pela anotação mínima, ou seja, pelos haicais. No avançar do curso em formato de livro, questiona como faria para ir de uma forma ultraleve, que suaviza todo o sentido, a uma escrita longa, com uma narrativa estruturada e contínua. Assim, aos poucos, criando novas significações e as articulando com o contexto, percorre o caminho para pensar na escrita de um romance.

Éric Laurent,[4] por outra via, aparentemente oposta, ao falar de sua análise com Lacan, diz que ouviu de seu analista que todos somos personagens de nossos romances; que, para isso, sequer precisaríamos de uma análise. Todos, durante a vida, portamos, então, tal narrativa elaborada salientada acima.

---

[4] Lacan apud Laurent (1998). In: *Lacan, você conhece?* São Paulo: Cultura Editores Associados, p. 39.

Mas, segundo seu ilustre analista francês, a análise teria a condição de nos levar de um romance a um conto. De, portanto, cortar parte da tagarelice que maquia esses escritos a compor nossa vida: aparando, assim, parte do enredo dramático. Trata-se de desprender-se um pouco, como uma hipótese, dessa herança ocidental que, por meio de um arrombamento de sentido, tenta nomear todas as coisas.

Quem sabe, após o *encontro* com Barthes, acrescentaríamos que do conto vamos à poesia e da poesia ao haicai?

5. "Declaro: de agora em diante, toda linguagem analítica deve ser poética."[5]

Durante seu vigésimo-quarto seminário, Lacan parece mergulhar na poesia. Após servir-se dos diálogos com François Cheng sobre a língua chinesa, ele tira proveito da criação poética para pensar a psicanálise. Questionamentos iniciados pela escolha do título a ser trabalhado naquele ano: *L'insu que sait de l'une bévue s'aile à mourre*[6] (1976/inédito). Num jogo entre línguas, o francês e o alemão, o psicanalista propõe uma leitura que traga uma criação de sentido pela aproximação fonética do *Unbewusste* (vocábulo designando o inconsciente em alemão) e *l'une- bévue* (um equívoco).

> *L'Insu que sait...* — o quê? — de *l'Une-bévue*, não há nada de mais difícil de pegar que esse traço de *l'une-bévue*. Este *bévue* é pelo que eu traduzo o *Unbewusste*, quer dizer, o inconsciente. Em alemão isto quer dizer inconsciente, mas traduzido por *l'une-bévue*, isso quer dizer uma coisa toda outra, isso quer dizer um tropeço, uma vacilação, um deslizamento de palavra a palavra, e é bem disso que se trata quando nós nos enganamos de chave para abrir uma porta que essa chave precisamente não abre. (Lacan, 1976, p. 136)

Novamente faço valer a importância do equívoco escancarado pela poesia para mostrar a riqueza da língua em contraste com a ideia de um significado colado a um significante. É preciso, assim, tirar proveito do idioma falado e dos deslizes possíveis a produzir novos efeitos de sentido. A contar, inclusive, neologismos a transmitir, pela sua própria construção, o inominável de uma enunciação singular sobre o efeito de uma análise. Uma criação desde uma

---

[5] Lacan apud Laurent (1998). In: *Lacan, você conhece?* São Paulo: Cultura Editores Associados, p. 37.
[6] Ainda sem tradução formal para o português. Pela própria dificuldade da tarefa, opto por manter o título em francês.

possibilidade de brincar com a língua para deitar no *kamasutra* da linguagem via escritura eutroral.

Não se trata, como já discutido, de defender que um psicanalista, ou um analisando, deva ser poeta. Mas, sim, de (re)afirmar que o material de ambos é o mesmo. Eles utilizam, então, as mesmas fontes primárias e aprendem, pelo seu próprio percurso, a se beneficiar do lapso para — assim como nos ensinou Barthes — jogar e trapacear com a língua.

Joyce nos mostra como bem soube usar a própria língua. E nem precisamos recorrer aos seus livros mais clássicos como *Ulysses* ou *Finnegans Wake* — ou, ainda, ao *O seminário, livro 23: o sintoma*, (1975-1976/2007), de Jacques Lacan. Contaminada desde a evidência presente no conto de Poe, *A carta roubada*, à facilidade dos *haicais*, escolhi um conto infantil que demonstra muito bem como é possível jogar, desmantelar e quebrar a linguagem para com ela criar sua própria língua. Ou melhor, *saber fazer aí (savoir y faire) com a língua*, tendo, então, uma que lhe seja própria.

O livro se chama *O gato e o diabo* (2012)[7] e foi escrito em 1936 em formato de carta para o seu neto, Stephen Joyce. Trata-se de uma estória sarcástica na qual o escritor brinca com a imagem de um Diabo aproveitador que se beneficia da carência de uma cidade para tirar vantagens e ser o dono da alma de um dos moradores.

A história tem início com um presente (um gato e bombons) dado por Joyce ao seu neto junto com a carta que conta a história da ponte da cidade de Beaugency. Seu início já se confunde com a realidade, pois o conto, como descrito acima, foi retirado de uma carta guardada e inédita por vinte anos até ser transformada nessa estória.

Beaugency era uma cidade muito pequena localizada à margem do rio mais longo da França (Loire). Caso houvesse o interesse de algum morador em atravessar para a outra margem seria necessário ao interessado dar, ao menos, mil passos. A construção de uma ponte era impensável aos habitantes de Beaugency e, ao saber de tal notícia, o demônio, muito antenado, marcou uma visita com o prefeito, Monsieur Alfred Byrne. Ironicamente, o autor sugere uma certa identidade entre o diabo e o prefeito durante a conversa que culmina no acordo entre ambos, pelo qual o demônio construirá em uma

---

[7] Traduzido por Lygia Bojunga, editado pela Cosac Naify e acompanhado das fantásticas ilustrações de Eduardo Lelis.

única noite a ponte que ajudará os moradores da cidade e, em troca, será o dono da alma do primeiro que a atravessar.

O dia seguinte amanhece e lá está a belíssima ponte demonstrando que o Demônio é um homem de palavra. Numa margem estavam todos os moradores agitados; noutra, o Diabo, que dançava a esperar sua próxima presa. Inesperadamente, surge o prefeito (que, assim como o Diabo, gosta de trapacear e usar vermelho), acompanhado de um gato e de um balde cheio de água. Tinha como intuito amedrontar o gato e obrigá-lo a ser o primeiro a atravessar a tão estimada ponte. Uma vez consumada a trapaça do hábil político, graças à qual o nosso Lúcifer devia se conformar com uma alma felina, o Diabo surpreendentemente demonstra carinho a seu novo mascote e vai embora.

Numa primeira leitura, poderia deixar de lado as entrelinhas e os detalhes que dão o charme ao conto joyceano e pensar se tratar de mais uma estorinha banal na qual o bem vence o mal. Todavia, de qual bem falamos? Do bem representado pelo prefeito que, endiabrado, passa a perna no Diabo?

Há ainda um outro "detalhe", indicado como uma mera observação, a revelar ao leitor e a Stephen Joyce (afinal, trata-se de uma carta que, como todas, dirige-se a alguém) que o Diabo criou sua própria língua, a *bellysbabble*, e, quando irritado, "ele fala um francês macarrônico muito bom, apesar de quem já o ter ouvido falar assim dizer que ele tem um forte sotaque dublinense" (p. 29).

Tudo isso sem contar o presente que acompanha a carta, destinado à criança (e não me refiro aos bombons). O ilustrador captou muito bem a mensagem ao nos apresentar um desenho do que seria um diabo joyceano.

Temos a forte suspeita de que o único Diabo aqui é o autor de *Finnegans Wake*, que, ao fazer de gato e sapato com a linguagem (*bellysbabble?*), torna-se um dos maiores expoentes do romance moderno. Não é sem um bem-humorado sarcasmo que o autor chama de Monsieur Alfred Byrne ao prefeito da cidade de Beaugency, quase como uma coincidência com o nome do primeiro prefeito de Dublin após a Independência da Irlanda, e faz do avô de seu neto uma das personagem mais temíveis de todos os tempos. Como diria o conto, "ninguém se atrevia a dar um passo, por medo do Diabo" (p. 16).

Obviamente, tal ponte não foi construída somente na pequena cidade francesa apresentada na história. O texto provoca inúmeras pontes que podem nos levar a outros textos e outras escritas. E vemos funcionar o texto incompleto como um convite joyceano chamando o leitor para dentro da história, dando-lhe espaço para acrescentar dados ao enredo. Uma espécie de sonho a carregar o leitor para outro lugar e convidá-lo a um percurso de desleitura, como já salientado, respectivo à teoria de Bloom (2003). Ao ler "errado" e não fechar o texto no dito do escritor, o leitor (também endiabrado) pode alargar a leitura e se fazer autor diante de suas próprias criações.

Eis um dos conceitos de inconsciente apresentados por Lacan ao propor um *savoir y faire* com 'a língua'. Ou, ainda, com *la Belle*(babbe)*langue*.[8] Diferentemente de falar como um bebê, apropriar-se da bela língua das crianças e permitir que, ao deparar-se com a incompletude de seus próprios pensamentos, possa brincar também com a linguagem e inventar outros desfechos para sua estória.

---

[8] Não posso deixar de mencionar que *belly*, em inglês, significa barriga e que *babble*, ainda na mesma língua, falar besteiras. Há, também, a homofonia relacionada a babel (torre). Haveria mais a ser explorado, todavia, opto pelo jogo em francês para esta escrita.

CONCLUSÃO

1. "O que eu quis dizer, não podia dizê-lo melhor do que escrevendo."[1]

Como destacado ao longo de todo o percurso deste livro, quando o intuito é a transmissão de uma experiência psicanalítica pela forma escrita, o percebido é muito diferente de uma mera *transcrição* que privilegiaria a fidelidade ao que foi dito num futuro texto. Barthes (1974/2004) discorre sobre o percurso da fala à escrita. A transcrição (do oral para o escrito) seria, então, uma espécie de embalsamamento da palavra dita. Intenção de eternidade marcada por uma perda significativa: o corpo. Não há, segundo o autor, o corpo do sujeito na passagem de sua fala escrita por outro. Perde-se o perigo da fala, alerta-nos; ela "é imediata e não volta atrás" (Barthes, 1974/2004, p. 3). Importância, lembremos, fundamental para a fala analítica: nunca recuar diante de um dito.

Sendo uma fala sem corpo, transcrita, ela "muda de destinatário, e por isso de sujeito" (Barthes, 1974/2004, p. 4). Embora sempre incluído, visto que não há como pensar na linguagem desprovida de corpo, ele não mais coincide com o corpo do autor. Assim, vemos que *o que se escreve de uma psicanálise* não é a fala uma vez dita ao analista (ainda quando a mesma pessoa faz a suposta transcrição, já seria ela, num tempo posterior, outra, em relação ao que disse anteriormente).

O que se escreve de uma psicanálise, como efeito-escrito de uma análise, *nunca* poderia vir desprovido de corpo, ou então o fracasso da experiência se daria com precisão absoluta.

> Na escrita, o que está *por demais* presente na fala (de modo histérico) e *por demais* ausente na transcrição (de modo castrador), a saber, o corpo, volta, mas por uma via indireta, medida, e, para dizer tudo, *exata*, musical, pelo gozo, e não pelo imaginário (pela imagem). (Barthes, 1974/2004, p. 8)

Portanto, não se trata de uma transcrição. *Trata-se de uma escritura*. O texto não coincide com o testemunho de um autor que esbarre na *transcrição* de sua experiência.

A escritura do que se escreve de uma psicanálise não é o transcrito.

Tampouco é um pacto com o sentido que busque a uma compreensão do que lá se disse, ou seja, também não seria associada a uma *tradução*. Mesmo que consideremos a fala em análise como uma espécie de acesso a outra língua que não a materna, não seria um retorno via tradução da língua de *lá* para a língua

---

[1] Barthes, R. (1979/2004). *O grão da voz.* São Paulo: Martins Fontes, p. 451.

daqui — inclusive devido à impossibilidade de tal opção. Há perdas e restos em uma experiência analítica que podem virar escritura (outros que são seguramente esquecidos) uma vez que a escrita começa onde a fala se torna impossível.
A escritura do que se escreve de uma psicanálise não é o traduzido.

Por fim, sequer é uma transliteração que, é o mais próximo ao que entenderíamos ocorrer em uma análise. Sendo uma escuta particular que decifra, via transferência, os rébus do discurso, a transliteração joga com os significantes e permite o acesso a novas associações. Concordamos, claro, que tal "interpretação transliterante analítica" é o motor da clínica. Mas, também não se trata de *transliterar* o dito em análise para poder escrever o que se escreveu em um determinado tempo.
A escritura do que se escreve de uma psicanálise não é o transliterado.

A *escritura* é a busca de uma voz que dê corpo ao texto.
Uma voz de uma autora nomeada como eutra a buscar driblar as defesas da escrita do eu (*moi*) e vislumbrar dar notícias de sua divisão mediante a construção de uma escritura. Eutra que, ao recuperar o conceito de autor sem reduzi-lo à soma das intenções e identificações daquele que escreve, sendo assim uma espécie de escritora que, mesmo morta em relação a uma identidade plena de significação, fala via seu próprio texto sobre o que se escreveu de sua experiência no divã e, ao mesmo tempo, também por sua escritura, sobre o impossível de ser escrito dessa vivência.

Aposto, portanto, que caso tal escritura fosse bem-sucedida, a transmissão de tal apreensão de risco seria compartilhada. Seria como uma reconfiguração da língua materna: dirigir-se-ia a um destino, e não a uma origem.

Resta-me dizer ter sido esta a minha tentativa de demonstração: concluir que há uma pretensão em usar a língua em proveito de uma *mostração* de saber. Utilizando-me da nuance, como uma aprendizagem da sutileza (cf. Barthes, 2003/2005, p. 93), contribuir com este ponto nebuloso e espinhoso da formação de um analista: como transmitir o resto de uma experiência de uma análise.

Seria este o resto (e também acréscimo) de uma análise de alguém que tem um desejo de escrever que beira um oximoro, mas que, mediante uma certa escuta (ou escuta certa), pôde ouvir sobre tal desejo e se atrever a alguns rabiscos.

POST-SCRIPTUM

Haveria uma maneira de transmitir minha proposta que seria mais eficaz que a descrita neste livro. Estive, ao longo destas páginas, ressaltando que uma transmissão se passa por uma escritura. Contudo, servi-me de uma escrevência para justificar o enunciado.

Mesmo com a pretensão de um escrito que envolva um esforço a buscar as melhores palavras e os melhores sinônimos, que vise a uma erudição teórica nunca antes aprendida; mesmo o texto sendo resultado da menor aproximação possível (a mim) dos esburacamentos teóricos...; mesmo nesse caso, pela sua forma, ele seria um fracasso.

Fracasso não no que impõe um descaso ou uma defesa consubstanciada na ideia de que todo saber só se transmite via escritura. Fracasso dado pela composição de sua forma que, como seu melhor inimigo, denuncia seu equívoco. O texto defende algo que não faz. A transmissão anunciada como compatível ao argumento se daria em outro lugar.

Incluir o meu desejo na maneira de dizer sobre minha análise seria primordial para discorrer sobre o assunto. Uma espécie de (como nos ensinam Barthes e Lacan) tentativa de apropriação da escrita pela própria escritura. A apresentação de um saber na linguagem, respeitando radicalmente a ausência de metalinguagem através do ficcional da vida. Eis o que nomeei como o efeito-escrita pela escritura.

Colocar-me dividida no lugar do agente do discurso a fim de transmitir o íntimo e não o privado, o singular, permitiria, tendo a acreditar, uma boa maneira de dizer os retalhos do que adquiri.

Resultado que dependeria do destinatário de tal texto. Ele seria, portanto, quem poderia, ou não, atestar o sucesso de um escrito que o convidou a entrar, e que, discretamente, se abriria numa trança a me escancarar. Porém, a abertura não seria completa... Não por capricho, tenho como garantir, mas por denunciar a radicalidade irresoluta de sua natureza.

Isso não seria este livro e é isto que é o meu livro.
Neste caso, em fragmentos, como a única possibilidade de ser.

REFERÊNCIAS BIBLIOGRÁFICAS

André, S. (2000). *Flac. (novela) Seguida de la escritura comienza donde el psicoanálisis termina*. Madri: Siglo XXI.
Aristófanes. (1988). *Lisístrata. As nuvens*. São Paulo: Editora Tecnoprint.
Arrivé, M. (1986/1994). *Linguística e psicanálise: Freud, Saussure, Hjelmslev, Lacan e os Outros*. São Paulo: Editora da Universidade de São Paulo.
_____ (1994/1999). *Linguagem e psicanálise, linguística e inconsciente: Freud, Saussure, Pichon, Lacan*. Rio de Janeiro: Jorge Zahar.
_____ (2007/2010). *Em busca de Ferdinand de Saussure*. São Paulo: Parábola Editorial.
Austin, J. L. (1990). *Quando dizer é fazer. Palavras e ação*. Porto Alegre: Artes Médicas.
Barthes, R. (1953/2004). *O grau zero da escrita: seguido de novos ensaios críticos*. São Paulo: Martins Fontes.
_____ (1962-1980/2004). *O grão da voz: entrevistas, 1962-1980*. São Paulo: Martins Fontes.
_____ (1970/2007). *O império dos signos*. São Paulo: Martins Fontes.
_____ (1970). *S/Z*. Lisboa: Edições 70.
_____ (1973/2010). *O prazer do texto*. São Paulo: Perspectiva.
_____ (1975/2003). *Roland Barthes por Roland Barthes*. São Paulo: Estação Liberdade.
_____ (1977/2007). *Aula: aula inaugural da cadeira de semiologia literária do Colégio de França, pronunciada dia 7 de janeiro de 1977*. São Paulo: Cultrix.
_____ (1977/2003). *Fragmentos de um discurso amoroso*. São Paulo: Martins Fontes.
_____ (1977-1978/2003). *O neutro: anotações de aulas e seminários ministrados no Collège de France, 1977-1978*. São Paulo: Martins Fontes.
_____ (1977-1979/2003). *Diário de luto: 26 de outubro 1977 – 15 de setembro de 1979*. São Paulo: Martins Fontes.
_____ (1978-1979/2005). *A preparação para o romance I: da vida à obra*. São Paulo: Martins Fontes.
_____ (1979-1980/2005). *A preparação para o romance II: a obra como vontade*. São Paulo: Martins Fontes.
_____ (1984/2012). *O rumor da língua*. São Paulo: Martins Fontes.
_____ (1987/2004). *Incidentes*. São Paulo: Martins Fontes.
_____ (2004). *Inéditos, I: teoria*. São Paulo: Martins Fontes.
_____ (2011). *Crítica e verdade*. São Paulo: Perspectiva.
Baudelaire, C. (2011). *Pequenos poemas em prosa*. São Paulo: Hedra.
Beckett, S. (1953/2009). *O inominável*. São Paulo: Globo.
Berto, G. (2005). *O mal obscuro*. São Paulo: Editora 34.
Blanchot, M. (1995/2011). *O espaço literário*. Rio de Janeiro: Rocco.
Bloom, H. (1975/2003). *Um mapa da desleitura: com novo prefácio*. Rio de Janeiro: Imago.
Breton, A. (1964/1987). *Nadja*. Rio de Janeiro: Editora Guanabara.
Calligaris, C. (1998). "Verdades Biográficas e diários íntimos". In: *Revista de estudos históricos*. v. 11, n. 21.
Carrero, R. (2011). *A preparação do escritor*. São Paulo: Iluminuras.
Cheng, F. (2011). *Duplo canto e outros poemas*. Cotia: Ateliê Editorial.
_____ (2012) Lacan e o pensamento chinês. In: *Lacan, o escrito, a imagem*. Belo Horizonte: Autêntica.
Cunha, L. (2013). *Gramática do português contemporâneo*. Rio de Janeiro: Lexikon.
Dostoiévski, F. (1913/2011). *O duplo*. São Paulo: Editora 34.
Dunker, Christian I. L. (2009). *Discurso e semblante*. Seminário sobre a obra de Jacques Lacan ministrada oralmente no Instituto de Psicologia da USP – São Paulo.
_____ (2010). *Por uma psicologia não-toda*. Seminário sobre a obra de Jacques Lacan ministrado oralmente no Instituto de Psicologia da USP – São Paulo.
_____ (2011). *Estrutura e constituição da clínica psicanalítica. Uma arqueologia das práticas de cura, psicoterapia e tratamento*. São Paulo: Annablume.
_____; Assadi, T. (2004). Alienação e Separação nos Processos Interpretativos em Psicanálise. In: *Psyche*. São Paulo, v. 13, pp. 85-100.
Duras, M. (1964/1986). *O deslumbramento*. Rio de Janeiro: Nova Fronteira.
Houaiss, A; Villar, M. (2004). *Minidicionário da língua portuguesa*. Rio de Janeiro: Objetiva.
Felman, S. (1982). *Literature and Psychoanalysis. The Question of Reading: Otherwise*. Londres: Johns Hopkins, 1982.

Freud, S. (1900/2012). *A interpretação dos sonhos*. Porto Alegre: L&PM.
_____ (1907[1906]/2015). "Delírios e sonhos na *Gradiva* de Jensen". *Obras completas, v. 8: O delírio e os sonhos da Gradiva, Análise da fobia de um garoto de cinco anos e outros textos* (1906-1909). São Paulo: Companhia das Letras.
_____ (1980 [1908]/2015). "O Escritor e a fantasia." *Obras completas, v. 8: O delírio e os sonhos da Gradiva, Análise da fobia de um garoto de cinco anos e outros textos* (1906-1909). São Paulo: Companhia das Letras.
_____ (1910/2013). "Sobre o sentido antitético das palavras primitivas." *Observações psicanalíticas sobre um caso de paranoia relatado em autobiografia: ("o caso Schreber"): artigos sobre a técnica e outros textos* (1911-1913). São Paulo: Companhia das Letras.
_____ (1914/2013). "Recordar, repetir e elaborar." *Observações psicanalíticas sobre um caso de paranoia relatado em autobiografia: ("o caso Schreber"): artigos sobre a técnica e outros textos* (1911-1913). São Paulo: Companhia das Letras.
_____ (1914/2010). "Introdução ao narcisismo." *Introdução ao narcisismo: ensaios de metapsicologia e outros textos* (1914-1916), v. 12. São Paulo: Companhia das Letras.
_____ (1916/2010). "A transitoriedade." *Introdução ao narcisismo: ensaios de metapsicologia e outros textos* (1914-1916), v. 12. São Paulo: Companhia das Letras.
_____ (1916/2014). "Primeira parte: os atos falhos". *Conferências introdutórias à psicanálise* (1916-1917), v. 13. São Paulo: Companhia das Letras.
_____ (1917/2010). "Uma dificuldade para a psicanálise." *História de uma neurose infantil: ("O homem dos lobos"): além do princípio do prazer e outros textos*. (1917-1920), v. 14. São Paulo: Companhia das Letras.
_____ (1919/2010). "O inquietante." *História de uma neurose infantil: ("O homem dos lobos"): além do princípio do prazer e outros textos*. (1917-1920), v. 14. São Paulo: Companhia das Letras.
_____ (1923/2010). "O eu e o id." *O eu e o id, "autobiografia" e outros textos*, v. 16. São Paulo: Companhia das Letras.
_____ (1925/2010). "Autobiografia". *O eu e o id, "autobiografia" e outros textos*, v. 16. São Paulo: Companhia das Letras.
_____ (1933/2010). "Novas conferências introdutórias à psicanálise." *O mal-estar na civilização, novas conferências introdutórias à psicanálise e outros textos*, v. 18. São Paulo: Companhia das Letras.
Goethe, J. W. (1931/1986). *Memórias: poesia e verdade*. Brasília: Editora Universidade de Brasília, 1 v.
_____ (1931/1986). *Memórias: poesia e verdade*. Brasília: Editora Universidade de Brasília, 2 v.
Goldenberg, R. (2014). *Do amor louco e outros amores*. São Paulo: Instituto Langage.
Hanns, L. (1996). *Dicionário Comentado do Alemão de Freud*. Rio de Janeiro: Imago.
Hoffmann, E. T. A. (1816/2007). "O homem de areia." In: *Freud e o estranho: Contos fantásticos do inconsciente*. Rio de Janeiro: Casa da Palavra.
Joyce, J. (1936/2012). *O gato e o diabo*. São Paulo: Cosac Naify.
Krutzen, H. (2009). *Jacques Lacan, séminaires 1952-1980. Index référentiel*. Paris: Économica.
Lacan, J. (1953-1954/1994). *O Seminário, livro 1: os escritos técnicos de Freud*. Rio de Janeiro: Jorge Zahar.
_____ (1954-1955/1985). *O Seminário, livro 2: o eu na teoria de Freud e na técnica da psicanálise*. Rio de Janeiro: Jorge Zahar.
_____ (1981[1955-1956]/2008). *O Seminário, livro 3: as psicoses*. Rio de Janeiro: Jorge Zahar.
_____ (1966[1957]/1998). "A instância da letra no inconsciente ou a razão desde Freud." *Escritos*. Rio de Janeiro: Jorge Zahar.
_____ (1966[1957]/1998). "O seminário sobre 'A carta roubada'."*Escritos*. Rio de Janeiro: Jorge Zahar.
_____ (1957-1958/1999). *O Seminário, livro 5: as formações do inconsciente*. Rio de Janeiro: Jorge Zahar.
_____ (1966[1958]/1998). "Juventude de Gide ou a letra do desejo." *Escritos*. Rio de Janeiro: Jorge Zahar.
_____ (2001[1965]/2003). "Homenagem a Marguerite Duras pelo arrebatamento de Lol V. Stein". *Outros escritos*. Rio de Janeiro: Jorge Zahar.
_____ (2001[1967]/2003). "Proposição de 9 de outubro de 1967". *Outros escritos*. Rio de Janeiro: Jorge Zahar.
_____ (1971/2009). *O Seminário, livro 18: de um discurso que não fosse semblante*. Rio de Janeiro: Jorge Zahar.
_____ (2001[1971]/2003). "Lituraterra". *Outros escritos*. Rio de Janeiro: Jorge Zahar.
_____ (1972-1973/1985). *O Seminário, livro 20: mais, ainda*. Rio de Janeiro: Jorge Zahar.

_____ (1975-1976/2007). *O Seminário, livro 23: o sinthoma*. Rio de Janeiro: Jorge Zahar.
_____ (1976/inédito). *O Seminário, livro 24: L'insu-que-sait de l'une-bévue s'aille a mourre*.
Laurent, E. (1998). Quatro observações sobre a preocupação científica de Lacan. In: *Lacan, você conhece?* São Paulo: Cultura Editores Associados.
Lopes, Rodrigo Garcia. *26 aforismas sobre poesia*. Disponível em: http://estudiorealidade.blogspot.com/2009/03/26-aforismas-sobre- poesia-de- rodrigo.html.
Mango, E. G. (2013). *Freud com os escritores*. São Paulo: Três Estrelas.
Milner, J. C. (2012). *O amor da língua*. Campinas: Editora Unicamp.
Mora, J. F. (1993/2001). *Dicionário de filosofia*. São Paulo: Martins Fontes.
Mucci, F. (2008). *Banalogias: uma leitura de Roland Barthes*. Tese de Doutorado, Instituto de Letras, Universidade Federal do Rio de Janeiro-UFRJ, Rio de Janeiro.
Nancy, J-L. (1973/1991). *O título da letra*. São Paulo: Escuta.
Paz, O. (1996/2012). *Signos em rotação*. São Paulo: Perspectiva.
Peres, W. (2012). *A escrita literária como autobioficção: Parlêtre, Escrita, Sinthoma*. Tese de Doutorado, Instituto de Psicologia e Cultura, Universidade de Brasília-UnB, Brasília.
Perrone-Moisés, L. (1978/2005). *Texto, crítica, escritura*. São Paulo: Martins Fontes.
_____ (1982/2001). *Fernando Pessoa, aquém do eu, além do outro*. São Paulo: Martins Fontes.
_____ (2012). *Com Roland Barthes*. São Paulo: Martins Fontes.
Pessoa, F. (2012). *Fernando Pessoa: antologia poética*. Org., apres. e ensaios Cleonice Berardinelli. Rio de Janeiro: Casa da Palavra.
Poe, E. A. (1844/1944). "A carta roubada". *Poesia e Prosa: Obras Completas*. Porto Alegre: Globo.
Porge, E. (2009). *Transmitir a clínica psicanalítica: Freud, Lacan, hoje*. Campinas: Editora Unicamp.
Proust, M. (1927/2004). *Em busca do tempo perdido. O tempo redescoberto*. São Paulo: Globo.
Rego, C. M. (2006). *Traço, letra, escritura: Freud, Derrida, Lacan*. Rio de Janeiro: 7Letras.
Rey, Pierre (2010). *Uma temporada com Lacan: relato*. Rio de Janeiro: Companhia de Freud.

SOBRE A AUTORA

Luciana K. P. Salum é Psicanalista. Professora substituta do Programa de Psicologia Clínica – UnB. Doutora (bolsista pelo CNPq) pelo Programa de Pós-Graduação em Psicologia Clínica da Universidade de São Paulo (USP). Mestre pelo Programa de Pós-Graduação em Psicologia Clínica e Cultura da Universidade de Brasília (UnB). Especialista em Teorias Psicanalíticas pela Universidade de Brasília (UnB). Membro da Rede Clínica do Laboratório Jacques Lacan (IPUSP). Autora colaboradora da revista virtual de poesia e arte contemporânea *Mallarmargens*. Atualmente também estudante de graduação em Letras francesas pela Universidade de Brasília (UnB). E, claro, nas horas não-vagas, bailarina contemporânea e aprendiz de samba de gafieira.

SOBRE A AUTORA[1]

Luciana K. P. Salum escreveria sobre si em quarta pessoa, mas nunca em terceira. É bailarina de gafieira e aprendiz de samba contemporâneo. Especialista em escuta-falha, ela garante ser o animal de estimação de um alien muito sensível a narrativas. Crê ter nascido dupla, mas se multiplicou e, hoje, é 3 ou 36, a depender da ocasião. "Com sorte, sempre serei 36!", ela diria. É pós-graduada em choros diante de situações cafonas dignas de Oscar (único momento em que não disfarça muito bem). Aliás, disfarçar é uma de suas especialidades. Fingir ser ela própria foi o tema de seu doutorado manco, pois sequer acredita na propriedade de nomes próprios — nomes não são de ninguém, interroga afirmativamente, quando ninguém lhe pergunta. Teme a assertividade de suas certezas absolutas: afirma que seus dois braços são canhotos embora seja destra, por exemplo. Adora parênteses e qualquer coisa que simbolize um "entre", sobretudo se for um entre que sinalize a entrada em clubes que não a aceitam como sócia. Quando conhece alguém, vai logo dizendo que é do primeiro dia de aquário, apesar de saber lhufas que diabo é ser aquariana. Sofre de enxaquecas. Seu maior sonho é aprender a escrever.

---

1 Seria não só um escrito raso como completamente incoerente com meus *Fragmentos* que sua última página fosse contemplada por um texto escrito por mim e forjado pela terceira pessoa do singular que resumisse, em um parágrafo, uma pequena biografia a situar quem sou. Como reconheço (algo arrisco-me a ser) que diante de uma onda média levo um caldo visto que não consigo abrir mão do prazer de furá-la, sequer do de pulá-la, crio um arranjo a compreender a formalidade de um livro sem formalizar-me com ele. A minha devida e compactuada apresentação foi escrita por uma *ghoshwriter* que dizem saber de mim melhor do que eu mesma. Assumo, portanto, os riscos da representação de minha imagem pelos seus olhos valendo-me, claro, de uma (suposta) amizade.

REFERÊNCIAS BIBLIOGRÁFICAS

Barthes, R. (1953/2004). *O grau zero da escrita: seguido de novos ensaios críticos*. São Paulo: Martins Fontes.

Barthes, R. (1973/2009). *O prazer do texto*. São Paulo: Perspectiva.

Beckett, S. (1938/2013). *Murphy*. São Paulo: Cosac Naify.

Beckett, S. (1953/2009). *O inominável*. São Paulo: Globo.

Beckett, S. (1952/2014). *Esperando Godot*. São Paulo: Cosac Naify.

Bergman, I. (1987/2013). *Lanterna Mágica – uma autobiografia: Ingmar Bergman*. São Paulo: Cosac Naify.

Blanchot, M. (2002/2011). *Uma voz vinda de outro lugar*. Rio de Janeiro: Rocco.

Breton, A. (1964/1987). *Nadja*. Rio de Janeiro: Editora Guanabara.

Duras, M. (1986/1993). *Olhos azuis cabelos pretos*. São Paulo: Círculo do livro.

Flaubert, G. (1976/2011). *Madame Bovary: costumes de província*. São Paulo: Penguin Classics Companhia das Letras.

James, H. (2007). *A fera na selva*. São Paulo: Cosac Naify.

Joyce, J. (1916/2006). *Um retrato do artista quando jovem*. Rio de Janeiro: Objetiva.

Kawabata, Y. (1960/2004). *A casa das belas adormecidas*. São Paulo: Estação Liberdade.

Marías, J. (2012). *Os enamoramentos*. São Paulo: Companhia das Letras.

Nin, A. (2006). *Uma espiã na casa do amor: romances*. Porto Alegre: L&PM.

Peres, W. (2012). *A escrita literária como autobioficção: Parlêtre, Escrita, Sinthoma*. Tese de Doutorado. Instituto de Psicologia e Cultura, Universidade de Brasília-UnB, Brasília.

Poe, E. A. (1844/1944). *Poesia e Prosa: Obras Completas*. Porto Alegre: Globo.

Rosa, G. J. (2005). *Primeiras Estórias*. 1. ed. especial. Rio de Janeiro: Nova Fronteira.

Roubaud, J. (1986/2005). *Algo: preto*. São Paulo: Perspectiva.

Saramago, J. (2005). *As intermitências da morte*. São Paulo: Companhia das Letras.

PORQUE NEM TUDO É AZUL E DOCE

Exijo-me longo tempo para lapidar os traços. Escrevo, reescrevo, ..., tomo cada palavra ao pé do ouvido e custo a entender o porquê deste inquieto enredo.

Retomo o início, já são 3:00 da manhã e não sei por qual razão recupero este texto. Traço um novo fragmento. Um novo que encerra os fragmentos. Mantendo-me, porém, fragmentada. Leio-os, todos, em voz alta. Escuto-me distante. Minha voz arranha meu ouvido abaixo desafinando todo o percurso do escrito. Paro. Rabisco. Sofro a ideia do tempo se ressentir com minha anacronia.

Meu olho pesa.

O olhar me sequestrou. Meus olhos explodiram em alergia ao chorar a morte que ganhou mais presença. Ele, o primeiro morto que vi a levar-me um pedaço do corpo, os carregou ao preço de eu me imaginar a menina de seus olhos.

Recupero-os, portanto, pelo valor de não ser mais a sua menina.

Agora escrevo só. O silêncio faz presença no nada. Oculto a narrativa na solidão. "Viver exigia legendar o mundo" disse aquele que me lembrou que, mesmo quando estamos emocionados, não choramos doce.

Acalmo.

Lembro-me das fantasias criadas, do amor escrito, do descuido que beirou um erro emocional, mas que se transcreveu na euforia em achar-me, finalmente, no lugar certo. Há noites em que o passado me ronda. Hesito. Quase desisto ao reconhecer o texto como uma promessa em vias de se cumprir. Promessa outra, reinventada. O amor não me sabe mais. Meu corpo já está machucado. O texto me esquece.

É preciso terminá-lo, escrever a última página de algo que se escreve e me permite a escrita. Escreverei, portanto. A última página.

Ela já foi escrita.

CONCLUSÃO

O último levou, junto com sua esfera facial, aquele instante sutil dos enamorados em que do amor se passa ao desamor sem que eles percebam.

O último levou-lhe parte do corpo.

Ela emagreceu.

E, enfim, ficou mais leve.

Mantive-me longe.

Creio ter aprendido cedo demais com ela... Julguei-a impossível ao toque. Quisera eu ter tido um amor mais ameno que me permitisse desrespeitar a imagem construída pela fresta da minha janela.

O tempo desdenhou de nós.

Ela cresceu.

Eu não.

Acho que *isso* é envelhecer.

"Did I ever leave you?" "You let me go"[1]

Como o tempo ficou em seu corpo ela não sabia mas sentia a contagem das horas em evidência numa ruga insistente em dividir-lhe os olhos.

Visto que nem tudo começa exclusivamente mal, o mesmo tempo garantiu um afinamento a marcar seus ossos faciais. Antes praticamente inexistentes, tal ausência de ossos permitia a impressão de que seu rosto era unicamente redondo.

Violada pelo tempo, estreitou.

Estreitos também passaram a ser os laços ao não mais policiarem o tom de sua voz depois da primeira garrafa de vinho e deslizarem em eufóricos contágios a descobrir as delicadezas miúdas do cotidiano... Sem que precisasse ser, constantemente, longe.

Cultivava o hábito de ser longe.

* * *

Sempre fui apaixonado por ela. Desde a época em que buscava encontrar qualquer traço a gradaciá-la no espelho, visto que era feia. Mal sabia que intermitentemente a observava como uma espécie de olhar indiscreto a roubar qualquer ângulo ainda não desbravado de seu corpo.

Finalmente, ao desperdiçar beleza, nascia seu incômodo pela recusa da linha atrevida que invadia seu território e crescia a cada nova vivência.

Exatamente entre os olhos. Seus. Olhos.

Base, protetor solar, base, pó, protetor solar, base...

Se a vida ainda fosse aquela fotografia insistente em retratar todos os instantes daria para ela se proteger com as novas ferramentas tecnológicas.

(...)

Que audácia essa do tempo em se fazer presente justamente quando a leveza a fez perder o relógio.

Foi-se mais um ano no momento em que esqueceu se era ou não cinco-para-o-meio-dia. Confundiu-se nas horas embora ainda não venerasse o tempo. Ao contrário, sentia que ele desgastava a vida, a sua, arbitrariamente e de maneira desigual, a depender do ano.

[1] Beckett, S. *Waiting for Godot*. 1952.

Para saber o que *isso* significa, não procure o que isso *significa*.

Aprender outra língua nunca foi, para mim, somente alterações na gramática e na fonética. O próprio percurso analítico me situa em um outro idioma ao transformar a língua materna em estrangeira. Estranhar o próprio dito para, então, ouvir o significante. Um distanciamento narcísico necessário para dar suporte à transgressão de optar por outra que não a (língua-)*mãe*.

Assim como não sabia escrever, tive dificuldades com línguas. Por não serem herdadas, soavam proibidas. Até que, enfim, como uma travessura feita a mim mesma, reconheci que já falava inglês. Só depois de aprendido, pude desfrutar do desejo (anterior) de ir para a língua de *lá*.

Considerar-me desapropriada de minha linguagem ou, ainda, ter a capacidade de estar na língua como estrangeira foi uma de minhas inconclusões na sala ao lado. Acesso à língua de *lá* rompia com o pacto coloquial das comunicações no qual fingimos nos entender para haver laço social. Há uma ética *lá* que me permitia usar tal familiaridade para expressar algo completamente diferente do que se diz.

"Livrai-me do mal representado pela perspectiva que estabelece uma relação direta entre o significante e o significado. Livrai-me, também, tanto da ideia de nomeação como da existente na moeda de Saussure que me conduzem ao positivismo e à concepção de um sentido único e universal." Era a oração que *eutra* fazia em meu nome, na calada da noite, sem que eu soubesse, para garantir nossa *transgressão linguisterística*.

"Eis a possibilidade de mudar o roteiro", dizia-me em sonho. Lacan já nos alertava, o inconsciente é o que se lê. Ler a mesma palavra somada ao *diferente do que ela diz*, depois de *eutras* insistências, pareceu-me mais fecundo do que mudar a palavra que, por vezes, estava inscrita tão profundamente que impossibilitava, inclusive, qualquer rasura.

"We accept her, one of us"[1]

Quando criança *ela* era *ele*.

Ele, portanto, gordinho e com bochechas rosadas, tinha pânico de anões. Não podia vê-los e sequer alguém estava autorizado a pronunciar fatídicas sílabas: a-nões. Embrulhava-lhe o estômago e *ele* era atacado pelo que, já quando *ela*, chamava de *alien* (ser estranho que morava em sua barriga e resolvia se manifestar diante do primeiro sinal de angústia). Aos poucos, *ele* percebeu que, além da mortífera agonia sentida pelo descompasso do intruso, o *alien* também dançava. Demorou para *ele* desfrutar de seu ritmo e permitir o convite à dança. Tarde, mas nem tanto, a influência pôde ainda vir cedo. Veio enquanto o autorizado para os meninos da época era a dança de rua. Foi quando *ele* iniciou sua coleção de machucados. Começou com pequenos roxos e terminou com um cóccix quebrado. Já quando *ela*, a situação se agravou. Com frequência achavam que *ela* havia caído, quando, em verdade, jogava-se abaixo de livre e espontânea vontade. Já esteve no palco com uma costela quebrada. Nada que não melhorasse com um derivado de morfina e lhe apresentasse as artificialidades deliciosas da vida comum. *Ela*, já adolescente e não mais gordinha (afinal, tal adjetivo só lhe foi autorizado na fase masculina, e agora *ela* insiste que seu número de calça — 36 — deve funcionar com a mesma cristalização que um número de sorte), significou, como pôde, a antiga fobia que vinha disfarçada pelo avesso. Tal qual um anão é um adulto pequeno, um adulto pode ser uma criança grande. O *alien*, que permanecia no mesmo lugar apesar da troca de sexo, migrou sua impaciência para qualquer referência a tal infantilismo. Adultos falando com voz de criança era o ápice do desespero. Era quase vital que o alienígena saísse pela boca enrolado num vômito sob a melodia de conversas fiadas na voz fina. Foi então quando o quadro piorou e seu intruso procriou. Percebeu a existência de pessoas a mexer suas devidas bocas numa espécie de ecolalia antecipada tentando, ao máximo, mimetizar as palavras que pronunciava. Um grupo inocente de ladrões a céu aberto fadados a repetir palavras sem som. Tomada por uma piedade compartilhada, aliviou-se quando estudou o conceito-chique-lacaniano de *lalangue*. Que lhe roubem, então, as palavras, mas, nunca, nunca, sua entonação!

---

[1] Frase da cena do casamento do filme *Freaks*, produzido em 1932 e dirigido por Tod Browning.

A VIDA (É) DO OUTRO

Há várias coisas insondáveis no mundo. Para mim, elas sempre existiram. Eram, entretanto, muito mais simples do que as que soube, posteriormente, serem as mais importantes (origem e sexo):

Não entendia a angústia das meninas em saber se o encontro (do dia anterior) tinha sido bom. Sempre perguntava "Ué, mas você não estava *lá*?" (Sempre confiei mais no que eu sentia — principalmente quando estava *lá* — do que no que me diziam.)

Não entendia o porquê de as pessoas falarem "pois não" quando queriam dizer "sim" e "pois sim" quando queriam dizer "não".

Não entendia qual resposta deveria dar quando recebia um convite que desejava aceitar de uma pergunta formulada negativamente. "Você não quer ir junto?"
"Sim, obrigada" soava igual ao "Não, obrigada".

Não entendia a facilidade das pessoas em trocar um cão por um gato só para evitar a solidão. (Como já sabem, sempre gostei dos meus cachorros e, não, nunca tive gatos!) Como (como?) podiam mudar escancaradamente o sentido do meu ditado popular preferido? Depois diziam ser eu aquela a vir de *lá*. No fundo, creio que todos desejam esconder suas origens.
"Quem não tem cão caça COMO gato!"

Por fim, lembro-me de outra curiosidade a me desconcertar. Aquela que diz respeito à curiosidade alheia, ao desejo de saber um pouco mais do que o que outro quer mostrar. Um excesso em busca do obsceno, em seu pior sentido.
Nunca (nun-ca!) entendi por que a revista *Caras* não se chama *Veja*.

Ela enxugou os olhos com um lenço de pano guardado no *soutien*. Tal como minha vó fazia quando chorava.

Eu reparo em suas mãos. São iguais às que pegavam os lenços de minha vó quando chorava.

Aparentemente de mesma cor e textura. Entendo, com um aperto no peito, o porquê do meu amor secreto por ela.

(Alguns se transfiguram em pedaços para acender a nossa memória.)

Lembro, na sequência: Além do lenço e da mão, ainda tenho meu avô como resto da minha vó. Um avô, tão especial, que está morrendo;[2] e eu não consigo sequer dar um telefonema a ele, porque... porque não consigo.

E nunca me perdoarei por algumas de minhas incapacidades.

* * *

A vida pode ser salva e estranhamente interessante numa tarde de terça-feira.

[2] E chega um dia que quem está morrendo, verdadeiramente, morre.

Terça-feira ou "Pela primeira vez senti o envelhecimento como uma sabotagem"[1]

Recebi, quando estava abrindo a porta para o próximo analisando, uma mensagem da Paloma:

"Preciso falar com você! Podemos nos ver hoje?"
"Tô no consultório. É sério?"

Mandou-me, então, uma foto de um exame de gravidez.

Estava grávida. Feliz e grávida. Flagro-me superemocionada. Paloma e Adriana eram aquelas que falavam que teriam filhos na mesma época que eu. Elas adiantaram ou eu perdi o prazo? Acho que passou e eu nem vi, imersa nas novas frases e palavras que conheci e tomaram todo o meu tempo. Liguei para ela de imediato e conversamos longamente nos poucos minutos que tínhamos. Eu estava exatamente no mesmo lugar ao qual, há alguns anos, recebi o mesmo-outro telefonema dela, que me pedia desculpas por ter engravidado antes de mim. A forma foi outra. Ela, agora mulher, contava-me de mais um filho. Amei acompanhar o seu tempo e compartilhar do evento com ela. Afinal, acho que a vida é feita disso, não é?

"Preciso desligar, minha paciente já está me esperando."

Era a Dora (uma senhora de noventa anos que ama ler biografias e frequenta meu consultório há um ano). Estava mergulhada em seu luto porvir. Guarda dinheiro para o seu próprio velório. Da vida fui invadida pela morte. Ela reivindicava um amor aos velhos, um amor agora necessário e dado, outrora, aos seus pais. Lembro-lhe que ela não é só velha. Pergunto, aleatoriamente, se já leu a *Lanterna Mágica*.

"Saiu a biografia do Ingmar Bergman?"
"Sim, há mais de um ano."
"Como eu não vi?"
"Devia estar ligando para a Carolina na hora..."
Ela ri. Carolina é a sua filha psicótica internada numa clínica psiquiátrica que lhe pede, como pode, para não receber ligações diárias.

---

[1] Bergman, I. (2013). *Lanterna Mágica — uma autobiografia: Ingmar Bergman*. São Paulo: Cosac Naify, p. 53.

NÃO SEI SE ACONTECEU OU NÃO ACONTECEU, MAS FOI PRECISAMENTE CINCO-PARA-O-MEIO-DIA

Não sei se aconteceu ou não aconteceu, mas foi precisamente cinco-para-o-meio-dia

O que faria com aquilo não sabia. Sequer intuía o factual que marcava exatamente aquela hora. Cinco-para-o-meio-dia. Certamente ele sentiu a mesma hora que eu. Foi uma recordação... penso de três ou dois anos atrás... um? Não sei ao certo. Não sei ao certo o que precisa acontecer para acontecer alguma coisa. Estávamos lá e sequer aconteceu. Sim, mas foi exatamente cinco-para-o-meio-dia. O que perdemos com o não acontecido se não aconteceu nada. (Poderia ser uma pergunta mas aparece como uma afirmação). Um olhar apático sem objeto. (Seria a resposta caso ouvisse — houvesse? — alguma coisa e a frase fosse uma pergunta e não uma afirmação). Não saber sobre o perdido do (não) acontecido é viver um luto eterno. Aconteceu. Aconteceu que às doze horas tentei esquecer desta história. Já tinha esquecido. *Esqueci* cinco-para-o-meio-dia.

ADEUS ADEUSES

Na lembrança os corpos se entrelaçam como uma quimera a produzir estrondos e não ruídos.

Desleixos presentes na invenção do que seriam acompanharam a crença que seus pés não diriam rastros.

Fragmentos de inscrições apagadas.

Fragmentos de inscrições.

Já tendo ido ela retorna ao mesmo lugar.

Que o olho se distraia — implora! — e a permita sair, discretamente, para se achar em outro recorte.

Em outro mesmo outro lugar.

Numa mesma posição entregue a receptor distinto.

Aliviada do olhar, seu olho respira num intervalo a rogar duração.

Desvie seu olhar — suplica! — Para que ela possa ir. Embora. Despedidas polidas por idas e vindas.

Fragmentos inscritos e irrecuperáveis.

Fragmentos irrecuperáveis.

"O que é que salva você?"[1]

Ainda uma conversa entre um casal. Líamos juntas, eu e elas. *A fera na selva*. Henry James. Ele também defende que há forma além do conteúdo. Que a forma diz tanto quanto o conteúdo. Que sem a forma alguns conteúdos se perdem. Dizem haver o ético da fala. Creio, em sua companhia, no estético. O estético a visar ao ético e tentar supor, para gerar boas fantasias, que a coisa-dita e a coisa-ouvida encontram-se no mesmo discurso. Sendo da mesma procedência.

Ao tentar responder sobre sua salvação em relação à mediocridade mundana, à possibilidade de não ser absorvido pela multidão, o personagem sugere que desvendará uma verdade. Verdade esta que, quando dela nos aproximamos, torna-se difícil aos olhos. Parece que o que nos salva é difícil de ver. As letras começam a se tornar cinzas juntamente com o papel. Entramos na espera deles, desejamos saber o que os salva para nos salvar também. Olhamos para frente. Esperamos. Saímos ilesos da vida esquecida. Olhamos para o futuro. Foco! Precisamos de foco ou não conseguiremos sequer distinguir as letras da forma-escrita. Ela também aguarda, faz da sua verdade a espera da verdade dele.

A Fera é suposta na espreita. Desejamos, como exibicionistas, feras na posição de ataque (deixamos vestígios). Ela observa, a fera os ronda e não os ataca. Há vidas sem feras. Há vidas à espera de que uma fera apareça. Ao ver uma fera, por pura identificação, posso desprender a minha antes amordaçada. Mas há fera nele. Há espera. Pela fera. É preciso que haja fera. Há espera. Pelo momento certo em que ela aparecerá e será ou morta por ele, ou a própria assassina. Um minuto a mais. A máscara da dissimulação não cobre o olhar do buraco dos olhos. Não houve fera.

Foi uma espera vã? Ou foi "a" espera?

A mão já não tinha os mesmos traços, o rosto é irreconhecível, o corpo perde a rigidez. (Espere!) A pele tão branca quanto a cera denuncia os escritos de suas histórias. As rugas escreveram seus corpos.

Aconteceu. O mundo havia acontecido. Em outro lugar. O fracasso se deu com precisão absoluta. A letra torna-se branca. Sem graça como o branco. A página, todavia, é tomada por um luto. Empreteceu.

Fechamos os olhos.

---

[1] James, H. (2007). *A fera na selva*. São Paulo: Cosac Naify, p. 29.

CIÚMES

Lembro-me de uma *inquietação* intimamente vivida ao terminar a leitura de Joyce, *Um retrato do artista quando jovem* (2006). Havia ali, dentro do texto, uma familiaridade que ainda me parecia desconhecida. Tempos depois, numa conversa informal sobre o livro, tal sensação novamente me invadiu ao constatar a mudança na forma da escrita do autor ao longo do romance. De uma escrita simples, composta por frases diretas, que se inicia, inclusive, com uma fala infantil, "Era uma vez e uma vez muito boa mesmo uma vaquinha andando pela estrada e a vaquinha-mu que vinha andando pela estrada encontrou um garotinho engraçadinho chamado bebê tico-taco" (p.15), caminhamos, junto com o autor, a uma maturidade presente na escrita de seus últimos capítulos.

Estranhamento que evoca meu próprio percurso analítico: quando consigo (em raros momentos) me lembrar, narrando, alguma questão inicial importante aos meus *olhos*, por alguns instantes, chego a sentir ciúmes daquela que fui.

NÃO SÃO MAIS CINCO-PARA-O-MESMO-DIA

O relógio andou.
Acabaram-se as metáforas e as palavras encontradas já foram rasuradas.

Não são mais cinco-para-o-mesmo-dia!
Quanto tempo durou cinco-para-o-meio-dia?
Quanto tempo alguém se mantém no mesmo tempo?
Quanto tempo...
Passou
e perguntaram-lhe o que aconteceu.

"O que acontece com o sujeito no tempo estático?"
"O que acontece com a hora de um sujeito estático", respondeu.
"E o que aconteceu com a hora?", insistiu.
"Agora?", confundiu.
"Não sei. Pode ser. Haverá depois?"
"Nunca se sabe quando enfim o relógio não tem conserto...", acreditava-se ainda no diálogo.
"Falar, falar... Menina, nunca se entende o que você diz! Mas, então, o que você fez durante este tempo?"

(o tempo andou e a história ainda se repete)

"Envelheci."

"O sentido do passado nasce de objetos-já"[1]

Quando acordou, veio-lhe a cabeça que estava com saudades. Havia tomado um Frontal para dormir. Dormiu pesado e acordou assim, saudosa. Não foi uma saudade normal, nomeada. Era uma saudade imóvel a se denunciar como pura ausência. Seria uma espécie de estado de espírito. Saudoso. Estava saudosa sem um objeto a almejar.

Ao ser ludibriada pela ideia de que precisamos nomear afetos (e desprezar saber que caso nunca tivesse ouvido falar de amor jamais se apaixonaria),[2] foi em busca de sua saudade. Como lembranças de consumo, comprou uma que serviria a seu objeto faltoso. Pensou ser saudade de um tempo que passou. Todavia, desejava reaver só parte desse tempo, o "tempo todo" causava-lhe repúdio. O "tempo todo" deveria ser uma expressão não existente. Já que damos nomes e aquilo existe, "o tempo todo" não deveria ser um nome.

(*Quando eu era criança e me lembrava de que respirava o tempo todo, era invadida por uma angústia que prestava atenção no meu pulmão quando o ar entrava e quando o ar saía. "O tempo todo" sempre foi uma merda! Acho que é por isso que como o brou'ne às quartas e a rosca às terças — já sei que falo muito das roscas, do prazer das roscas, das roscas, do café, do prazer do café, do prazer, e de me sentir personagem do Enamoramentos[3]... mas sei que não falei o tempo todo. Então, justo, poder repetir. Volto. Como as roscas e o brou'ne (ah...) para não estar "o tempo todo" de dieta. Para perder a medida da restrição que não me faça perder a medida do número — 36! — Já falei do 36, certo? Acho que tenho falado do 36 "o tempo todo"...*)

Sua saudade era oca. A vida deve ser assim mesmo. Repleta de saudades ocas. Ao escutar as mesmas histórias de domingo, com os mesmos tons e exageros no relato feliz de um dia morno, relembrou de sua saudade oca.

Às vezes ela entra na casa dos seus pais e sente que lá já foi uma casa.
Mas não sabe se lá já terá sido uma casa.
Fica confusa no conceito de "casa".
Nem sempre tem saudades de casa.

---

[1] Roubaud, J. (1986/2005). *Algo: Preto*. São Paulo: Perspectiva, p. 38.
[2] Santidade sintática é sexo com amor, santidade semântica é amor sem sexo.
[3] Marías, J. (2012). *Os enamoramentos*. São Paulo: Companhia das Letras.

"A escrita é precisamente esse compromisso entre uma liberdade e uma lembrança."[1]

Suas rugas não escondiam a passagem do tempo.

Traços marcavam que ali já havia existido outro rosto.

Cecília vivera em outra época. Pouco interesse era despertado diante da modernidade, quando comparado ao esmero de sua neta em saber sobre a vida sem tais ferramentas. Muito curiosa, como era característico da neta, demorou a entender a fragilidade e a constante repetição de sua (bis)avó,[2] quando lhe contava sua história antes de sua história com ela. Ria sempre na mesma vírgula, ao anunciar seu recorrente relato como uma grande novidade.

Não havia mais texto.

Passou muito tempo para que a menina percebesse que ela era velha. Que outrora, era outra, já esquecida. Suas memórias acompanharam sua antiga fisionomia.

"É preciso escrever, driblar a malícia do tempo e perpetuar a história", anunciava como solução a menina. Todavia, *Cecília* não *lia*. Seus olhos enfraquecidos recusavam qualquer papel.

Ossos revestidos de pele marcavam a ausência de forma durante seus últimos dias. Ela morreu antes de seu corpo. A mais maldosa falta de sincronia.

Não havia mais texto.

---

[1] Barthes, R. (1953/2004). *O grau zero da escrita: seguido de novos ensaios críticos.* São Paulo: Martins Fontes, p. 15.

[2] Não gostava de chamá-la de "bisavó", marcava uma distância ainda maior entre elas. Era apenas vó. Era sua única vó. Embora existissem todas as outras.

"Por que teria um sexo, eu que não tenho mais nariz"[1]

"O que se faz com o corpo que somos?", foi indagada.

"Torne-o menor. Emagreça. Picote-o."

Estava em um casamento. Bonita que era — quase — um desperdício. Sentiu-se vista. Ele a olhava fixamente e ela retribuía com o que supunha fazer de melhor. Fazia-se meiga para não o assustar e o inserir na lista dos homens que a comiam sem a tocar. Ele se aproximou sem que ela o notasse e, sem permissão, tocou-lhe uma parte de seu corpo e nomeou sua cintura.

E foi assim, em retalhos, que seu corpo existiu. Entregando-se, mais cadáver do que nunca, a possíveis invenções, roubos e trocas.

---

[1] Beckett, S. (1953/2009). *O inominável*. São Paulo: Globo, p. 46.

"Mas o amor nos torna inventivos"[1]

Penso em escrever há semanas. Não arrumo tempo. Natal é excesso de breguice, recuso-me. Terei tempo. O Ano-Novo me ilude ao vender novidades[2] e não repetições. Espero. Afinal, são só sete dias lotados de afazeres quase--importantes. Não escrevo. Ou, quando escrevo, escrevo errado.

Errando continuo. Alguns fazem parte de meus erros. Preciso errar mais. Tenho como meta o extermínio dos acertos. É tanta felicidade baça que não há espaço para minhas dúvidas (escrevi dívidas. Você saberá o que fazer com isso).

Tive tempo. Desejei mandar um feliz-ano-novo para o meu erro-analítico (mais conhecido como meu analista). Foi o suficiente para abarrotar os minutos livres: saberia eu se ele queria ser feliz? O que desejar, então? Os seus próprios desejos? "Eu desejo o teu desejo" soava muito neurótico para um cartão encaminhado a um analista. Ao meu.

(Pausa: estou exausta da neurose. Sabemos que quando se dá uma mão, desejam o braço. Quando se dá o braço, desejam o corpo — até aí ainda me parece proveitoso. Desejo-de-corpo é sempre bem-vindo! "Por que te desejo tanto? O que será que você me deu?", pergunta ele a ela. "Eu me dei", ela responde. Parece ser aí que mora o perigo. Em conseguir suportar o corpo do outro dado de presente para você, sem que seja seu.)

Um dia ainda me liberto de minhas alusões. Cartão, analista, erro... Lembrei!

Sempre repito que o que me faz em casa, intervaladamente, é minha es-tante. Repleta de restos, frangalhos, cheiros e livros. Meus. Livros.

Tirei uma foto dela. "Desejo-te um pouco da minha estante. Se é que você me entende." — *enter*.

* * *

Tinha mais a escrever, mas aí creio que não haverá tempo para ler. O tempo. O velho-tempo... lógico!

---

[1] Bergman, I. (2013). *Lanterna Magica — uma autobiografia: Ingmar Bergman*. São Paulo: Cosac Naify, p. 17.
[2] Embora uma palavra que contenha *idade* sempre me soará velha.

Uma voz vinda de outro lugar[1]

Encanto-me por sotaques. Os estrangeiros soam ainda mais interessantes. Impresso na fala do outro reconheço o sinal de que ele também não é *daqui*. Identifico-me. Não só veio de outro lugar como a sua voz (e não o que fala) me acalma e me diz que há lugares diferentes deste. Embora a angústia, afeto tão destacado pela eficácia com o verdadeiro — "ela não engana" —, repita que o único lugar é este! Que, paralisando-me, endosse: não há para onde ir.

[1] Blanchot, M. (2002/2011). *Uma voz vinda de outro lugar*. Rio de Janeiro: Rocco.

CINCO PARA O MEIO-DIA

São cinco para o meio-dia.
Há dez dias são cinco para o meio-dia.

Lembrei-me de que, tanto ao escutar uma narrativa em análise quanto ao narrar minha história a meu analista, em alguns instantes há nitidamente a sensação de um tempo que não passa, de algo como a obra de Salvador Dalí na qual nos deparamos com relógios derretidos diante da *Persistência da memória*. Tais experiências, mesmo expostas aos dias que se vão com o calendário, são capazes de ser ilusoriamente recuperadas com sensações extremamente vívidas. Em outros momentos, entretanto, prevalece o medo de que o tempo passe. Um medo de que a história se perca no tempo, uma necessidade de mantê-la, preservá-la, aprisioná-la. Percebo, mesmo ao avesso, que esses dois exemplos me levam à ideia de uma sensação duradoura, da possibilidade, quase perfeita, de um tempo estático.

Há dez dias são cinco para o meio-dia.
Há dez dias meu relógio parou e permaneceu em meu pulso para me mostrar que meu tempo é outro. E está parado. Ou ainda, escancarar meu desejo de capturar o instante (que já se tornou outro) aprisionando a cena e o afeto.
Meu tempo é outro.
É quase-meio-dia. Estou quase-lá. Espero, afinal, faltam só cinco minutos.

(...)

São cinco para o meio-dia.

"Isto é uma aventura sentimental"[1]

A forma dá corpo.[2]

As formas são fantasmações que suportam as leis dos desejos. Fantasia ou é isso ou não é. Sequer forma, sequer performa.

Fantasia revestida de desejo a unir corpos inibidos pelo copo que deveria ter sido tomado naquele dia.

Passou. Perdeu a forma.

Exagerou. Perdeu a forma.

Engordou. Perdeu a forma.

Enfeiou.

Ah, o tempo! Sempre ele, o tempo, lógico!

Putaqueopariu esse relógio!

---

[1] Roubaut, J. (1986/2005). *Algo: preto*. São Paulo: Perspectiva, p. 73.
[2] Em forma, claro, 36. Sempre 36.

A escrita é marcada por retalhos e fragmentos que dão notícias de um amor transgressor, de uma sombra-morta, de uma pobreza real somada à embriagada falência paterna e ao ato no lugar do dito. Presença nunca contada, mas demasiadamente sentida.

* * *

"Dê-me um filme em que possa chorar", pedia na locadora quando era criança. Precisava escrever o afeto. Ele me deu "Léolo". É a história de um menino que luta contra a psicose e perde para ela, como numa espécie de duelo no qual a loucura seria a maior derrota. Lá, a insensatez não era romantizada pela perda da razão. Ela aparecia pelo mais alto grau de solidão. E a criança era tomada pelo seu próprio abismo interno.

O cara da locadora foi o único que me disse.

"Isso me ajuda, já que a mim também devo atribuir um começo"[1] (ou, "o momento de concluir")

Almoço com um, tomo café com o outro e constato que não faço nada além de ratificar o velho fato consumado. Encontro aqueles com quem escolhi compartilhar minhas páginas e as escolhas das palavras que assinalariam minha estória. Dividir, assim, meus escritos.

Eles contam que viver com a mulher que há em mim já lhes dá tanto trabalho que fico comovida com a presença da que me pariu. Do quanto já fui dura e cruel com ela. De como foi difícil perceber o seu melhor através do que não me deu, mesmo tentando me dar tudo. Pensar nela exige cuidado. Hesito em expor suas falhas e dificuldades, embora saiba que foi isso que me salvou. Que, ao errar, me deu o sabor de sua essência. Mostrou-se frágil e desejante. Apresentou intensidades e transgressões disfarçadas pela vida comum. Sequer sei se ela sabe que eu sei.

* * *

Certa vez, envergonhei-me de seus trajes. "Quando você vai parar de me criticar?", ela me fitou. Partiu meu coração, mas não diminuiu minha vergonha. Queria vê-la bonita! (Ela, que sempre foi tão bonita!) Pensava que a beleza tinha lugar, havia me dado "ao-menos-um" lugar. Descobri tarde demais, como quase tudo na vida. Mesmo a desejá-la bela, quando roubava minha realidade, cultivava minha ira. Ela invertia, sem culpa (como uma boa mãe), a ordem das identificações e eu a odiava por não ter percebido o esforço que eu fazia para ter o mínimo. Sempre achei que tive o mínimo. Creio ter lutado ferozmente na infância para não cair na psicótica ausência de história. Da história, da minha estória.

Tantos assuntos proibidos. Essa foi a minha história. O fôlego faltou e me achei autorizada a dizer qualquer coisa que não o silêncio. Uma constante caça às palavras que construíssem um enredo sobre os não-ditos que marcaram a ignorância da minha origem.

Provavelmente ela teve mais vergonha do que eu.

Ainda é difícil escrever. Principalmente uma história.

---

[1] Beckett, S. (1953/2009). *O inominável*. São Paulo: Globo, p. 35.

A SALA AO LADO (ou "o tempo para compreender")

Existe um lugar, não tão encantado, no qual somos convidados a construir uma outra regência de sentido (pela sua própria ausência, inclusive), não articulado com a significação. Lugar onde sempre se diz mais do que se quer dizer. Ter o equívoco como destaque é uma das regras *do local*. Falar a primeira coisa que lhe vier à cabeça, outra.

Via-me, então, quando situada *lá*, diante de um convite à não compreensão, um convite que *eutra* fez, por pura curiosidade, a saber sobre o que me escapou e me levou à sala ao lado.

Iniciei minha primeira análise por entrar, sem perceber, na sala ao lado. Foi exatamente neste instante que minha escrita começou. Sentada na sala ao lado. Ao perceber meu equívoco em não estar na sala 'certa', embaraçada, resolvi que deveria cuidar de "certas coisas" (as erradas, pelo visto, andavam devidamente sintonizadas).[1]

Sempre soube ser uma questão de perspectiva: ao olhar meio de lado, pude entrar na sala ao lado. Naquela sala subverti meu conceito de temporalidade. Com o passar do tempo, por fragmentos descontínuos, minha história foi sendo re-tocada. Toquei, novamente, em alguns traços mal apagados e, enfim, os retoquei. Afinal, a vida, graciosamente, também produz esquecimento.

Tal escrita não foi construída pelo passado, e muito menos foi uma espécie de "caça ao tesouro", no qual deveria procurar, no mais íntimo de meu "baú de memórias", a chave que abriria a porta e me salvaria de meus mais preciosos sintomas. Ao contrário, tratava-se do passado que não passava. Daquilo que, sem autorização prévia, insistia em fazer parte de meu cotidiano e me apresentava um presente com sabor de passado e, ao mesmo tempo, um passado atualizado que sugeria o renascimento do vivido.

Foi ali que compreendi o conceito de fantasia.

---

[1] Minha segunda (e atual) análise manteve-se no mesmo roteiro introdutório e confrontou-me, novamente, com o valor do equívoco.

"Eu era como eles, antes de ser como eu"[1]
(ou "o instante de ver")

---

[1] Beckett, S. (1953/2009). *O inominável*. São Paulo: Globo, p. 140.

O carinho pela sala de espera

Entre tantos mal-entendidos, o carinho pela sua *sala de espera* se manteve intocável.

Contraditória a nomeação. Justo ela reconhecida por sua impaciência.
Contraditório tal contradição lhe fazer todo o sentido.

Foi o primeiro território a chamar de seu, *espera*!
Em verdade, acreditava ser da outra. De sua mãe.
"Calma, vou só deitar um pouco", responderia caso ela lhe reivindicasse seu espaço.
"Não é que sou triste, só estou um pouco cansada", completaria com a lembrança infiel da Clarice Lispector.

Lá estava o seu primeiro divã.

***

Hoje reconheço tal arranjo bem decorado como um grande incentivo ao meu apreço pelas artes plásticas. Cheguei até a pintar porta-copos de Natal que poderiam ser melhor compreendidos como os lugares em que os copos descansam. Onde eles *esperam*. Dei a ela de presente. A ela que sempre foi sensível às minhas horas. Tal furo no tempo do mundo deu-me, anos depois, retroativamente, um espaço para estar. Ao suportar o nada simbólico que me habitava e, sem pressa pelas palavras, pela calma que suponho que só a arte lhe deu, ela moldava meu imaginário retardatário.

Minha lembrança diz que foram dois anos.
Obrigada pela espera.
Já podia, enfim, ter outro espaço que não portasse o cheiro de minha mãe na almofada, então, já criada em minha imaginação.

ESCRIÇÕES

Há o inscrito e o escrito.

Já a escrita, só quando passível de leitura. Há inscrições que não visam à compreensão dos olhos. Outras, agridem-nos e mutam-se, inesperadamente, em escrições.

Branco a cegar e denunciar os (não) ditos da estória.

Há, também, ela escrita por ele. Lida e viva em outro lugar. Ela que se mistura a outra e sequer sabe sobre o desejo vivo daquela caneta.

Ela que pensa em voz baixa o quanto seria bom conhecer suas inscrições nos outros corpos, para ambos sentirem, simultaneamente, mas em outro tempo, suas cicatrizes e inventar, pelo inscrito, uma nova escrita.

"A infância é coisa, coisa?"[1]

"A menina de lá",[2] talvez por não se imaginar aqui, tenha tentado fazer diferente do habitual. Vinda de um lugar que ficava para trás da serra do mim, a pequena Maria, Nhinhinha, causava estranhamento por apresentar aparentes distúrbios na linguagem. Parecia, em alguns momentos, falar uma língua que ninguém entendia. (Inventada?). *Tanto pela estranheza e criação de algumas palavras,* "Ele xurugou?", *como pela dificuldade em compreender o sentido,* "Tatu não vê a lua..."

Aparentemente tolinha, Nhinhinha, além de fazer saudade, começa também a fazer milagres. Tudo o que desejava, subitamente, aparecia. Mas, como nos diz o autor, ela queria pouco. Reconhecida como um grande acontecimento aos olhos dos pais (que queriam muito), diante de qualquer pedido respondia sorridente: "Deixa... Deixa."

Seria realmente de *lá* Nhinhinha? Infiro, ao contrário, que sempre foi *daqui*.

Mesmo a acreditar que Nhinhinha é *daqui*, parece-me que fala a língua de *lá*. *Lá* onde sabe alguma coisa e, quem sabe, desejaria estar para não desfalecer diante da não correspondência ao desejo *daqui*. *Lá* onde respondemos sem pensar a uma pergunta sobre qualquer saber: "sei *lá*". *Lá* onde? "Não sei".

Escuta cortada pelo significante que lhe permite brincar com a linguagem ao nomear o passarinho de "Senhora vizinha", após ouvir o narrador chamá-lo de "a avezinha". *Lá* onde lhe permite escutar o que aparentemente não foi dito e, a partir daí, construir outra maneira de dar continuidade à sua própria narrativa. Escutar de um lugar no qual não sabemos que sabemos sobre o que foi dito *aqui*.

* * *

Lembro-me quando, pré-adolescente, insistia em ouvir "espalham por aí boatos de que *fica areia* aqui" de uma música que dizia "espalham por aí boatos de que ficarei aqui". Talvez, assim como a personagem, tão "tola" quanto ela, desejasse ir para *lá*, em algum lugar por trás de mim, que tivesse praia e, quem sabe, não saber que boatos inferiam que sempre ficarei aqui, *aqui*?

---

[1] Rosa, G. (2005). *Nenhum, nenhuma*. In: *Primeiras estórias*. Rio de Janeiro: Nova fronteira, p. 94.
[2] Rosa, G. (2005). "A menina de lá". In: *Primeiras estórias*. Rio de Janeiro: Nova Fronteira.

EU NÃO SEI ESCREVER

"Eu não sei escrever." Era o que ecoava desmembrado da rouquidão representada por um forte sotaque nordestino: "ela não sabe escrever".

1989. Inserida em um transporte de uma cidade a outra entendi (ainda sem compreender) o significado de metáfora. Recém-chegada a Brasília, em plena fase de alfabetização, recebo a sentença da necessidade de repetir a série.

"Ainda não identificamos o problema. Mas é impossível ir adiante. Ela não sabe escrever. Estranho, pois os erros não são tradicionais, a troca de 's' pelo 'z', por exemplo. Parece-nos que ela inventa palavras."

Seria Lacan aquele que nos conta que a psicose não se confirma pela presença de um delírio, mas, sim, por transtornos na linguagem? Sempre soube.[1] Marcas inscritas a impossibilitar minha escrita. Traço fundo que me mantinha *lá*, no estrangeiro, em relação à minha língua materna e retardou significativamente o meu encantamento pelas cartas.

Como diria um amigo, "o que não acontece, acontece". Salva pela sensibilidade de uma professora de reforço, não repeti o pré (atual primeiro ano). "Ela possui escuta-falha", diria eu caso fosse ela em tal contexto. Como sinônimo, ela disse: "Ela escreve foneti*camente.*" Foi aí que descobri que a fonética mentia. Ela mentia para mim. "Tíʃʃatru" vinha representar "teatro"; "runlá", "vamos lá". Tratava-se de uma criança *de lá*, curitibana, tendo aulas com uma professora *daqui*, nordestina.

O estranhamento não parava por aí, alegavam os adultos. Inquietavam-se tanto pela estranheza e criação de algumas palavras, "Tíʃʃatru", como pela dificuldade em compreender o sentido, "Por que 'já' é agora e 'já já' é daqui a pouco?" Ou então, "Por que se fala 'você fez isso de *novo*' quando se quer dizer 'você fez isso de *velho*?'".

* * *

Como tudo sempre começa por um mal-entendido, tal desfecho orientou minha singular relação com a linguagem. História que se iniciou muito antes da percepção de sua existência, o que me confunde, significativamente, sobre o conceito de experiência.

---

[1] Autodiagnóstico selvagem.

PARTE II
ESCRITA

Parte II
ESCRITA

FALTA(RÁ) O TÍTULO

Ouvi rumores certeiros de que apodreci. Sempre imaginei que minha insistência, apego e inadequação com o tempo fossem dar nisso.

Anos atrás, ganhei uma deliciosa garrafa de vinho de um grande amigo. Garrafa daquelas que existem somente para os grandes apreciadores, ou então se efetiva um grande desacato à uva. Para não a ofender, imaginei precisar, ou entrar em cursos de enologia, ou então negociar com ela (a garrafa de vinho) que somente a beberia "*naquele momento*".

Naquele especial momento nunca alcançado para cumprir a promessa feita à garrafa. Como uma boa neurótica (para minha surpresa), o momento escapava no vislumbre do que estava por vir.

Quando resolvi por certo que a garrafa não tinha vida, embora olhasse todos os dias para mim, num dia qualquer, encerrei a angústia. Hoje consigo perceber que a ausência da razão resultou na confusão quieta tão preciosa para mim.

Ao abrir, confrontei-me com o equívoco. Caí no conto do vigário a dizer que quanto mais velho, melhor. O famosocarochiquerraro vinho português era "do Porto" e, junto com a rolha, havia apodrecido.

Tornei-me vítima de meu próprio feitiço.

Apodreci. Não soube o tempo certo de me usar, de me embebedar de meu próprio líquido. Sinto-me, quando podre, contagiosa. Optei pelo isolamento. Começo, lentamente, a me sentir pesada e creio, com absoluto ganho de causa, que basta emagrecer.

Preciso escrever e ainda *não sei escrever*.
Passo o dia em frente ao papel em branco ou ao preenchido por letras que não minhas, atenta para não perder mais um prazo.

Meu texto precisa, urgentemente, me deixar só.

VAMOS VOLTAR A FALAR DE MORTE?

Quase como uma das amigas de Clarice, a intercambiar assuntos de morte, 'do que tem de sério e de circo', troca cartas com quem a escuta.

* Escreve alto sobre a graça vinda da fé (que soa quase como uma tentação do diabo):

No hospital: *Uma senhora entra para recolher a comida já fria e desbotada diante da falta de desejo, vinda da falta de apetite, e, timidamente, pede a ela autorização para orar pelo velho. Após seu gesto de consentimento, dirige-se a ele como a lhe oferecer mais um biscoito.*
"Você quer oração?"
"Claro que quero!", responde o antes jovem ateu, amedrontado.

A senhora já previamente emocionada coloca a mão em sua cabeça e começa, tal qual um repentista, aquele discurso em velocidade máxima dos evangélicos.
Ela, ao ver toda a cena, num misto de compaixão e vontade de rir, se comove com a fé despertada pela condição do idoso.
Pensa que essa coisa de ser bom aos olhos de deus faz alguns se acreditarem generosos e, às vezes, eles até são.

* Escreve, também, murmúrios de seriedade:

No hospital: *Ela o vê ir embora rapidamente. Nos breves intervalos em que volta de suas confusões mentais, em que é ele, já não a reconhece mais. Ou a xinga e a manda embora ou aperta sua mão com tesão. Ela deixa. Já acostumada a sumir, topa sair de cena para a entrada dele. Conclui com um pesar que se trata de um problema de sincronia. Eles, neta e avô, não conseguem estar ao mesmo tempo.*

* * *

Quando o assunto se esvai, envergonhada pela insistência no tema, desconversa graciosamente: "Tá bom! Vamos variar, agora já podemos falar de amor!"

VIDAMORTE

O corpo estava estendido. Exposto. Morto.

Disposto aos olhos inquietos.

Dissera, como a morte um dia chegaria, que lhe roubasse seu coração.

"Nada mais digno do que morrer de infarto."

Estava feia. Cabelos curtos e maltratados. Olhos opacos. Sem cor. Gorda? "Não, inchada." Estranha.

O pior nunca foi a morte. O pior ainda estaria por vir quando começassem a seguir, erguido, numa espécie avessa de contemplação, o corpó.

Ou, então, quando ele servisse à natureza.

Quando estivesse preso. Na cadeia. E fosse o alimento. Dos bichos.

Estaria, portanto, morta.

O desespero sempre era referente a essas horas de intermináveis olhos vendo sua vidamorte.

* * *

Após a travessia, foram jogadas várias flores,

de várias espécies e belezas.

Jogaram, também, terra batida e restos de chão, que, somados aos restos de vida compartilhada pelo barro, visavam entupir o buraco ali exposto.

(...)

Assim pareceu-lhe a vida. Às vezes.

Não sentiu dor no coração.

Pensou, ao contrário, que, contradizendo a expectativa, ele foi o último sobrevivente.

Morreu asfixiada.

Tanto pelas flores como pelos barros.

Morreu sobrecarregada pelo outro.

"O sol brilhava, sem alternativa, sobre o nada de novo"[1]

Hoje não tem música.
(Leio *Murphy*.)

Sinto-me engolida pela nostalgia de um sonho que poderia ter sido. Sempre achei que as coisas apodreciam, mas não imaginava que, no caminho, elas azedassem. Que a *saudade* que se realizava via presença contínua do outro ausente se transformava em ódio e reivindicação por um tempo perdido. Li que ela, a *saudade*, quando não compartilhada, tem sabor de solidão. Acho que ele nunca se sentiu tão só. Sentia *saudade* (até) dos devaneios que tinha e lhe foram roubados pela devastadora realidade apresentada por mim.

Descobri, também, que o amor tem avesso.

Não o meu.

Ontem também não teve música.

Há cenas proibidas para menores que insistentemente são apresentadas às crianças.

Uma criança tinha dores de cabeça.

Bom seria se lá, na cabeça, só houvesse dores. Na minha há dores. Sofro de enxaqueca. Na dele, além disso, havia um penetra de quatro centímetros.

Daqueles intrusos ditos malignos.

Tentaram tirar esse malvado à força, mas, como um belo exterminador do futuro, ele irá se recompor rapidamente e ainda aproveitará a fase de crescimento do menino.

Sequer um tango tocou quando disseram que ele (ainda) tem mais dois anos de vida. Dez? Terá dez então quando o penetra der um golpe de estado?

"Dez!"

Geralmente é uma expressão acompanhada de música.

(...)

A música acabou.

---

[1] Beckett, S. (1938/2013). *Murphy*. São Paulo: Cosac Naify, p. 5.

Pas de deux

"Pode confiar em mim."
Ouvia quando hesitava em lançar-me aos seus braços durante o *pas de deux*.

Recurso tanto mofado como bolorento em crer-me absoluta.
Minha dificuldade em contar com o outro estava desmascarada. Pesadelos me invadiam nos quais caía de cabeça ao acreditar que não haveria equívoco em nossa linguagem corporal. Mal sabia, ainda, que basta estar sozinha para desaprender a tropeçar.

(Sim, eu danço. Momento quase-único em que tenho tamanha intimidade com meu corpo a conseguir ter-me sem carregar-me comigo.)

Ele insiste:
"Vem? Eu te seguro."

Não há garantias.
Eu vou
e caio.
Caio com frequência. Caio de uma altura de impossível captura. Ele segura e mesmo assim eu caio. Ralo-me junto à esperança de uma altura comum, de uma força compactuada e conhecida ao menos aos pares. Ao menos àqueles que dançam a mesma música numa leveza que me ensina que nem tudo que é intenso deveria ser pesado.

* * *

Embora admire os solos, não há nada mais lindo que o *pas de deux*.

Estou velha

Vivi para poder não contar minha estória.

Como continuar a ausência de uma estória passou a ser a minha tarefa. Não há par, não há outro; há o ímpar a lembrar que para haver dois necessito da presença ausente do terceiro. O tempo marcou meu corpo e demonstrou que sou eu quem não admiti envelhecer.

Não há enredo a ser narrado mas há um resto encolhido a ser visto por olhos jovens que gargalham o tempo perdido. Não sei perder. Nunca soube perder. Encaramujo-me para ludibriar um sucesso. Vejo luzes, escuto palmas, por pouco me sentiria amada. (O 'por pouco' denuncia que ainda preciso aperfeiçoar minhas falácias). Na caverna restou a mim. 'A mim' separa-me de mim. Quase como a me colocar em terceira pessoa. Quase como a me fazer o extra de uma relação que, então, existirá pela minha ausência. Sinto meu querido eu, vitorioso, ao qual eu-mesmo apalmo, lanço luzes e quase-amo fazendo-me companhia neste fim solitário.

Eis a marca de minha desinvenção: Meu desencontro com minha estória.

"A vida é diferente do que se escreve."[1]

Demasiadamente vaga.

O que sou além daquela que fala.

Ao menos o adágio de que se pareça com aquele a andar ao seu lado (e nem sempre é seu amigo — destaco) não me engloba. Tal verdade, na melhor das hipóteses, concerne somente às crianças. Suas falas (ao expressar seus próprios desejos) não as diferenciam em grandes proporções. Quando criança, inclusive, acreditava nessa lenda. Tal crença rendeu-me anos de análise ao perceber que crescer me distanciava significativamente daqueles que outrora diziam quem eu era.

Hoje, demasiadamente vaga.

Será que, na medida em que a consciência se apoderar de minhas alusões, poderei então saber sobre mim?

Ouvi que John Lennon respondeu sobre sua definição: "Quanto mais tentei ser Elvis, quanto mais insisti fortemente em ser Elvis, mais tornei-me John Lennon." A mim, no entanto, faltou tal sensibilidade ao levar uma foto de uma mulher com determinado corte curto de cabelo e pedir ao cabeleireiro que fizesse do meu algo igual, na intenção certeira de que, assim, seria "Ela". Ao fim do processo, levei-me junto com o corte a garantir minha identificação. Nada pude fazer a não ser chorar meu lamento. Não era ela, nem eu.[2]

* * *

Não almejem a narrativa integral de minha devida apresentação. Recordar-me-ei de cenas aleatórias, nunca encadeadas com o cronológico. Numa espécie de escrita associativa que me carregue a algum lugar que não o da vontade de me apresentar. Que não, melhor dizendo, o de minha vontade.

Escrevo conforme o capricho do momento.

---

[1] Breton, A. (1964/1987). *Nadja*. Rio de Janeiro: Editora Guanabara, p. 74.
[2] Penso agora que, caso funcionasse, teria sido uma ótima *cover*.

"Desde que nomeio, sou nomeado: fico preso na rivalidade dos nomes."[1]

Sempre gostou de animais. Não de todos, perdoe-me: dos dela! Sempre gostou de seus animais. Dizia que, quando criança, já tristonha, contava as horas deste mundo inabitável (e cada vez mais habitado) no silêncio do canil. Encantava-se com o silêncio do canil.

Cálida ficava com a possibilidade de uma relação na qual o outro não se sentiria mais ou menos cachorro diante de seu olhar. Não hesitava no que era ou deveria ser quando ali no canil estava. Além disso, o que pediam não deslizava e escorregava de suas principais vontades quando ela os atendia. Seus pedidos eram claros, certeiros e baratos. Mesmo a exigir a eterna repetição, nunca lhe foi oneroso encerrar um cafuné.

Não havia equívoco na comunicação. Não havia surpresa na relação. Não havia exaustão. Obviamente, ela (num discurso diferente do deles) oscilava entre a casa dos cachorros e a dos seus pais. Tal calmaria vivida no canil tinha prazo de validade, assim como os mal-entendidos da língua de seus pares. Permanecia entre uma casa e outra. Uma casa a descansava da outra.

O tempo do canil tornou-se restrito. Haveria ela de encontrar outro intervalo para dar suporte aos relacionamentos. Outros silêncios. Outras demandas baratas.

Imersa nos amores compartilhados, inventou um, ao menos um, com quem poderia dividir o insustentável de uma vida. Ele (com E maiúsculo!), embora também atrapalhado na linguagem e imerso nas confusões de sentido (caso contrário não acreditaria em sua própria criação), sabia exatamente o que fazer com seu corpo. Ajudava-a. Ela nunca soube o que fazer com o seu corpo. Poucos sabem o que fazer com seus corpos. Poucos-raros sabem.

Mesmo com ele, mesmo em sua fantasia, mesmo em sua mentira mais verídica, foi tomada pelo assombro de sua história singular. De uma espécie de amor que se apossa de tudo e, assim, torna-se impossível retribuir.

Ele rompeu com ela.
Ela comprou um cachorro.

---

[1] Barthes, R. (1973/2009). *O prazer do texto*. São Paulo: Perspectiva, p. 39.

FEMINILIDADE

A dominação é extremamente ambígua.

Despedimo-nos a cada encontro e eu não me acostumo.

Eu, a saber de mim tão pouco, repleta de velhas certezas azedas, sei.

Sei que, no momento ao qual lhe permito total determinação sobre mim, total controle; no momento em que deslizo e faço com que, autenticadamente, os desejos dele me sejam autorais; no momento de maior subordinação... Eu o tenho em minhas mãos!

E me desconheço no mais puro de meus restos.

"Sua existência aos olhos de Alan era sua única existência verdadeira"[1]

Colorida de cinza a cidade lúgubre desconfia que o inverno chegou cedo demais.

O cenário soa insípido perto dos tons da primavera e das folhas do outono.

Ossos trincados pelo frio não impedem o bafo quente marcado em sua nuca.

Do choque térmico nasce o calafrio que entrelaça angústia e prazer.

O corpo quente alerta o perigo do encaixe perfeito e a ameaça do empuxo contrário à vida.

(...)

Ainda não é verão.

Poucos verão o que se perde com as estações.

Verão, então, as tantas vidas renunciadas no inverno.

---

[1] Nin, A. (2006). *Uma espiã na casa do amor: romances.* Porto Alegre: L&PM, p. 68.

"É ainda uma outra novela, talvez a mesma"[1]

Há um outro em(tre) nós.

Uma assombração que aquece quando todo seu corpo se encolhe. Uma espécie de presença-ausência que a ronda ao lembrar que nenhum lugar lhe serve.

Que escancara que não quer ir nem ficar (como diria seu amigo morto).

Um *voyeur* (como diria caso fosse analista).

Mas o que diz caso fosse eu é: há um corpo, com um nome interrompido, aquecido por um calor mortal.

---

[1] Roubaud, J. (1986/2005). *Algo: preto*. São Paulo: Perspectiva, p. 57.

"A paz das 'belas adormecidas'"[1]

Sinto-me, em vários momentos, quase-viva (e, em outros, quase-morta).
Mas sinto, e isso garante que vivo. Não mais em paz. Tal qual lemos nas
lápides ou ouvimos sobre aqueles que se foram e agora descansam.

* * *

A Casa das belas adormecidas é um lindo romance escrito por Yasunari
Kawabata. Nele acompanhamos a trajetória do velho Eguchi num prostíbulo
repleto de meninas drogadas e oferecidas a homens decrépitos. Comungamos,
como leitores, do desconforto inicial em usufruir de uma pessoa que dorme.
Comungamos também das conveniências existentes em ter com quem falar
(desde que não me escute, claro). Parece-me mais uma etiqueta de convi-
vência na qual não sou interrogada em minhas próprias dificuldades. Afinal,
os clientes são homens velhos que podem desfrutar de uma bela e jovem moça
adormecida sem vivenciar os desconfortos atuais de sua masculinidade.

No entanto, fui vítima de minha leitura confiada ao escrito. Fisgada pelas
bonecas em formato humano, desacompanhei o narrador e suas elucubrações
e o horror tomou conta quando fui pega no flagra identificada com o mais
puro dos dejetos. Quanto tempo dormi? Não sei. Mas sei que fiz parte de
uma coleção de bonecas de porcelana que depois soube ser minha. Isso, sim,
foi uma verdadeira coleção reflexiva!

Houve uma escrita que vacilou e me transformou junto com o produto,
resultando num trabalho que, além de envolver a obra e o autor, envolveu-me
como leitora. Participei do enredo e também supus trechos de minha autoria.
Ao entrar no texto de Kawabata, apossei-me dele. O livro que li é meu.
Foi outro!

[1] Kawabata, Y. (1960/2004). *A casa das belas adormecidas*. São Paulo: Estação Liberdade, p. 93.

"O medo de não encontrar as palavras convenientes lhe colava os lábios"[1]

Há, aqui, estranhos.

Êxtimos.

Àqueles que de fora escancaram o que urra de íntimo e ela crê simular.

Descobre que encena melhor dependendo do público.

E, dependendo do público, acena.

Ele corresponde.

Ela diz:

"Não haverá mais tempo!"

Busca entender o que lhe aconteceu.

Um saber que garanta que os momentos-vida não serão transbordados.

Não haverá ressaca.

"Não há mais tempo!"

Hesita em se reconhecer apaixonada.

Está. Há tempos.

Apaixonada por um olhar a arrancar-lhe sua juventude.

"Não havia mais tempo!"

Ele não tinha mais tempo.

Fez dela seu 'objeto a'-bortado.

Justo quando ela acreditava que poderia, enfim, perder tempo.

---

[1] Flaubert, G. (1976/2011). *Madame Bovary: costumes de província*. São Paulo: Penguin Classics Companhia das Letras, p. 101.

Às voltas com minhas risadas ritmadas (no tempo certo), com meus sentimentos devidamente temperados e minha felicidade opaca... pensava portar um disfarce mais rígido. Raros são os que veem através dos *meus olhos*. Acho que ele viu porque era louco, e sabia disso.

Obrigada por não ter me avisado.

"Para Luciana. Alegre e viva na angústia."[1]

Oi? Cadê você? Está aí? Escuta-me? Consegue me ver?

Por que você não me avisou? Por que não insistiu em explicar o que eu não entendia bem (ou não queria — podia entender)?

Ele é louco. E sabe disso.

Havia uma particularidade assustadora em sua fragmentação. (Assusta). Ele me assusta. Enquanto eu falava de fraturas, ele mencionava suas crateras. Parecia ter recebido menos do que o mínimo. Sempre acreditei ter tido o mínimo. Por acaso, há casos em que a sorte me ronda (creio nisso e agradeço a deus diariamente, já que não nasci com o gene da fé).

Ria fora de hora, falava fora do tom e tinha um corpo que não lhe pertencia. Não sabia o que fazer com seus membros que se moviam à sua revelia e me faziam crer que eram coordenados por seus tiques.

Seu corpo tinha a forma da angústia.

Muitos corpos têm a forma da angústia. O meu corpo segue tal tendência. Porém, eu disfarço. Muitos-tantos disfarçam. Ele não sabia disfarçar. Vi sua loucura: era não só visível como quase palpável.

Era, constantemente, invadido pelo saber vindo de *um monte de olhos* dos outros. Acreditava que a recíproca era verdadeira ao reivindicar a transmissão de um saber que não se sente. Foi enfático: "só saber é insuficiente". Como haveriam de transmitir restos sem estar em frangalhos?

(Identifiquei-me.)

Ele é louco. E sabe disso.

Esforçava-se em buscar o disfarce ideal: fracassava. Sua loucura transbordava.

Ela me atingiu.

"Como você sabe se o outro sente?", perguntei.

"Eu *vejo*", respondeu.

Ele vê. Ele me viu.

Acreditava ver o buraco do outro que então o autorizava a transmitir o saber que se sente.

"O que vê em mim?"

"Vejo que você sente."

---

[1] Dedicatória escrita por ele, o louco, no livro que me deu de presente.

"Tarefa curiosa essa de ter que falar de si."[1]

O mundo vira hieróglifos; os livros viram frases; o sexo, toque; e os contatos, olhares.

Já estou repetitiva ao endossar que é muita sorte encontrar boas frases acompanhadas de bons sentidos.

Permito-lhes o deslocamento metonímico.

* * *

Ruídos me dizem que ainda há orelha. Murmuram velhas piadas que me amedrontam ao não saber o que as palavras podem fazer de mim. Calo-me. Vejo borrões. Olhos? Sim, há dois. São, todavia, vistos e pouco veem. Desvio de função, acho. Que mais? Falo. Deve haver por aí uma boca que, imersa na linguagem deles, finge contato. Faz contato. Cria, então, uma cabeça para que possa sentir uma cabeça em mim.

Acho que é isto: "Tarefa curiosa essa de ter que falar de si."

---

[1] Beckett, S. (1953/2009). *O inominável*. São Paulo: Globo, p. 54.

São seus olhos

Ela tem *olhos azuis e cabelos pretos*.

Arrastada por um amor impossível e não pleno de sentido, sou levada ao quarto que cria o cenário deste livro; *Olhos azuis cabelos pretos*.[1] Ouvimos rumores do lado de fora, o barulho do mar e passos em busca de sexo. Dentro, mais do que uma conversa entre ele e ela, vemos olhares. Olhos que se esquivam. Olhares esvaziados de sentido e cheios de cor. Azuis.

Leitura azul que exige a ausência de intervalos. Não pela ilusão de compreensão, mas pela captura de nossos olhos numa beleza estética que denuncia o cru-cotidiano de conversas que se perdem diante da força de um olhar. Poderíamos dizer que é um livro fotográfico. Fotografia a escancarar o excesso vindo dos buracos dos olhares. Cores.

Tal casal invadido pelos *olhos azuis cabelos pretos* vive um relacionamento *branco* que traduz o desespero do certeiro desencontro de uma relação. Branca também é a textura da pele dela. Branca. Como não se percebe nos amantes. Sequer rosada fica, pois sua pele não fixa o sol. Como se percebe nos amantes.

Horas se passam enquanto ela olha para ele sem o ver. Seria o azul a impedi-la? O azul traz em sua companhia o equívoco de um desnudamento. Ele não a toca. Eles não se tocam, deitam-se lado a lado e esquivam-se dos dedos. Olha para ela. Olha na surdina da noite enquanto infere que o azul não vê quando de olhos fechados. "Ele não faz nada. É alguém que não faz nada e cujo estado de nada fazer ocupa a totalidade do tempo." Olha para ela. Oferece seu olhar enquanto ela dorme profundamente e se liberta da presença dele.

Não são mais do que olhos. Olhos que nem sempre acompanham um olhar. Seria ela *aquela* dos olhos azuis? Habituada estava a que falassem de seus olhos. Parecia ser o que a diferenciava das outras. Seus olhos. Azuis. (Cabelos pretos.) Terríveis de tão azuis. Olham-se sem se ver, olhos vazios de sentido e cheios de cor.

Azuis.

---

[1] Duras, M. (1986/1993). *Olhos azuis cabelos pretos*. São Paulo: Círculo do Livro.

"Encontrei-me diante desse silêncio inarticulado"[1]

Pode soar inusitado,
Soa-me inevitável!
Nunca antes li definição tão bela.
O que se faz com um nome que não diz nada, que em propriedade é completamente ausente?
Nunca antes li tão delicadamente sobre o esvaziamento do nome (próprio).

Um nome interrompido.

Forte definição escapou-me do pensamento todas as vezes que pensava no L (*ele*) a me cortar e me diferenciar dela.

Um nome interrompido.

Olha que inusitado?!
Isso sim é inusitado: Sou salva pela Ana.
Justo pela Ana. Justo por outro nome. Ana.[2]
Ana invade a fragilidade do nome e o faz próprio (?).
Nunca! Nunca será de minha propriedade.
Espero, ansiosamente, um dia ser de sua, Ana, propriedade.

Uma utopia de encontros que vise a reunir todos os meus eutros nomes interrompidos para soar como uma margem inexpressiva e, quem sabe, dizer quem sou. Ou, ao menos, que consiga ser um nome.
Consigo?
Rumores dizem que sim. Rarefeita, quem sabe.

Quem sabe? Insistem em não me responder.

---

[1] Roubaud, J. (1986/2005). *Algo: preto*. São Paulo: Perspectiva.
[2] (Minha Vó costumava pedir que escolhêssemos palavras e, em minutos, as pronunciava ao avesso. Anaicul. Era como me chamava. Ana-icul. Ela sempre soube da Ana. Eu não.)

Serão sempre os nomes.

Ainda sobre o mesmo assunto, conto uma anedota. Você bem sabe que eu nunca soube o que é ter nome próprio. Nunca foi de minha propriedade o meu nome. Tanto que, hoje, eu e *eutras*,[1] temos vários. Fiz bom uso de minha história!

Estava, pois, em uma Starbucks em Nova York, ansiosa por saber qual nome receberia escrito no copo de meu *Chai latte*. Eram vários, um mais cafona que o outro: Lucy, Lou, Low etc.

Um minuto de silêncio após o grito da garçonete. Dois, três... até que me dei conta de que era chamada pelo nome de minha irmã, *morta*.

---

[1] Neologismo de Lopes (2009), trabalhado por Peres (2012) em *A escrita literária como autobioficção: Parlêtre, Escrita, Sinthoma*. Tese de Doutorado, Instituto de Psicologia e Cultura, Universidade de Brasília, UnB, Brasília — que me apropriei após ato falho em minha atual análise.

SOBRE NOMES

Quando percebo sinal de distanciamento, vou-me antes. Quer dizer, sempre vou antes. Uma vez perguntaram: "Mas por que você já vai embora?" Respondi: "Vou antes que queiram que eu vá." Vou embora constantemente.

Ir embora me ilude a faz-me crer que não perco. Nunca! Até que sou invadida pela morte sem aviso prévio a carregar a lembrança de alguns dos meus.

Penso ser a razão de minha insistência em sonhar com minha avó. Sinto, sempre, o seu cheiro. Acordo num misto de saudade boa e angústia. Perco-a, ao acordar, toda vez que sonho com ela. Logo em seguida me acalmo, pois me lembro de um suposto amigo português que escreveu um belo livro sobre *as intermitências da morte*. Certamente o sofrimento seria maior caso a imortalidade fosse possível.

Num breve deslizamento, recordo o meu pavor. (Ouvi certa vez que era a construção de minha fantasia inconsciente. Optei pela ignorância e por saber nada sobre o assunto!)

A lu são. Volto ao meu pavor.

Mais do que morrer, apavora-me a ideia de, indefesa, ter um monte de *olhos* sobre o meu corpo morto. Quando visito um cemitério, por mais próxima que seja da família ou do falecido, nada me impede de pensar que estou sobre corpos que são comidos por bichos bem ali, perto de mim. Também indefesos.

* * *

Salvador era o nome do morto que vi. Meus *olhos* depositaram-se sobre aquele corpo desamparado. Resolvi protegê-lo! Não deixei ninguém mais *ver*. Tal como um cão de guarda, até que seus verdadeiros cuidadores chegassem. Para minha surpresa, ninguém chegou. Não havia sequer o desejo de pôr os *olhos* em cima para confirmar a morte do amado. Amado? Estupefata, fui fisgada por aquele morto-louco desconhecido e abandonado.

Eis que me vem um senhor com uma Bíblia na mão e diz: "Posso *ver*? Gostaria de ler a palavra de Deus para ele." "Claro que sim", respondi (e aliviada fiquei). Salvador sequer conseguiu salvar-se de viver intensamente em hospitais psiquiátricos. Talvez, por portar tal nome, pensassem que ele não precisava de ajuda.

A MORTA

Ao investigar sua fonte de perversidade e nos contar como a virtude foi afastada de sua vida, William Wilson[1] (nome inventado pela personagem) começa o relato: "Queria convencê-los de que fui arrastado por forças superiores à resistência humana." Busca fatalidades para absolver sua culpa. "Foi o outro", poderia deduzir de sua narrativa, "foi ele o responsável por minhas mazelas." Este outro que, sem qualquer parentesco com ele, tinha o mesmo nome de batismo e de família, a mesma aparência, a mesma data de nascimento e entrou na escola também no mesmo dia. Todavia, tal homônimo, criado nas mesmas bases estruturais que William Wilson, tem um problema ("fraqueza") nas cordas vocais: não fala, mas sussurra.

Fraqueza forte que sussurra em seu ouvido e o persegue, muito embora ele tente, de todas as maneiras, escapar. "Duplo temível, apavorante, intocável diante de *minhas* mentiras. Não só não cai no meu semblante como também me denuncia diante dos outros supostamente enganados", diria eu caso fosse a narradora da história. Duplo que torna vã toda a tentativa de fuga, que se esconde *estranhamente* no reflexo no vidro do trem e me faz acreditar ser outro. Que permite uma ausência de reconhecimento em minhas próprias características e revela, à minha revelia, toda a minha perversidade.

Will I am Will's son. Mato-me matando-o!

Duplo invasivo que destrói o intervalo entre mim e outra. Duplo construído que sussurra fortemente em meu ouvido e anuncia a minha própria familiaridade com a morte. Ou melhor, meu parentesco com *a morta*.

---

[1] Poe, E. (1844/1994). *Poesia e Prosa: Obras Completas.* Porto Alegre: Globo.

SOBRE A DUPLICIDADE

Precisava enviar a você.

Durante uma noite, às vésperas do meu aniversário, protagonizei uma cena de contato com minha duplicidade.

Eis que dormia, de bruços, sozinha, em minha cama. As duas mãos estavam embaixo do meu travesseiro. Sorrateiramente, minha mão direita encontrou uma outra mão, de textura estranha e aparência morta. Acordei com meu próprio grito e, por alguns instantes, mesmo ciente do absurdo que me rondava, acreditei que havia uma mão solta ali, justamente ali, onde dormia. O susto se agravou na sequência. Ao levantar pelo reflexo de minha voz, percebi-me amputada! Não sentia meu braço esquerdo do cotovelo para baixo. Em fração de segundos, dei-me conta de que a mão morta era minha, a esquerda, amortecida. Nunca antes havia tido contato com meu corpo morto! Ela estava tão devidamente apagada que não percebi sequer o toque de minha mão direita quando se deparou com a textura ignota. Não senti a mão morta sendo tocada, apenas a viva tocando. Havia somente o lado vivo em contato com meu próprio objeto estranho.

Aos poucos, com tapas levemente contidos, fiz com que a mão esquerda formigasse e me desse a sensação de inchaço, como qualquer parte ador-mecida. Permiti que minha mão morta adormecesse.

Acordei.

PARTE I
AUTORIA

ADVERTÊNCIA

Ao me apropriar da conhecida frase de Montaigne, "Leitor, sou eu mesmo a matéria deste livro", destaco que este escrito é uma obra de ficção. Qualquer semelhança com a vida real é mera coincidência e não passa de um capricho da autora.

é certo que há um agente subjetivo que não é apenas o resultado de nossa — antipática — complacência narcisista).

Mais uma nota. Eu prefiro os textos de prazer aos textos de gozo. Os textos de gozo são, em geral, chatérrimos e pesados (de uma certa forma, convencidos de que seu peso seria a prova de seu interesse).

Na contramão dos textos de gozo, o que me interessa é a leveza do eu, ou seja, a leveza de um agente subjetivo sem o peso de seu reflexo.

É possível ser um agente subjetivo sem preocupar-se em compor uma imagem. Existe uma arte da leveza do escrever, do falar e do viver. O texto de Luciana se vale dessa arte.

Para celebrar a leveza de viver, uma lembrança.

Uma dia eu passeava com Barthes e ele estava precisando comprar meias. Ele estava exasperado porque não encontrava meias de cano curto. Eu lhe disse: "Temos problemas complementares, porque a minha impressão é a de que eu nunca encontro meias de cano longo." Barthes: "Você usa meias de cano longo? Que coisa horrorosa!" Eu: "Por que horrorosa?" Barthes: "Você quer meias de cano longo porque, quando a calça sobe, elas dão a ilusão de um órgão inteiro que se prolonga sem corte. Eu gosto de meias de cano curto porque eu adoro ver aquele limite entre a meia e a pele quando a calça sobe. No fundo, apenas praticamos dois fetichismos diferentes!".

Não sei se Barthes teria passado no crivo de Nabokov caso tivesse escrito o famoso romance que ele não escreveu. Chateaubriand não passaria! Nabokov certamente detestaria Chateaubriand, mas acho que ele não leu.

Indo agora ao essencial, à questão que o texto de Luciana coloca e que é uma questão teórico-prática nunca resolvida. Qual é a questão?

Para a psicanálise lacaniana e pós-lacaniana o sujeito é menos um agente do que um efeito. Até aqui tudo bem.

Muito antes do ensino de Lacan, os franceses tinham decidido traduzir o *Das Ich* freudiano (que significa "o eu") pelo pronome pessoal complemento: "*le moi*" — um pouco como se a gente dissesse "o mim". Por que não o "mimimi", aliás?

Com essa escolha de tradução, a psicanálise francesa ficou para sempre salientando o lado, por assim dizer, não subjetivo da instância egoica. Note-se que os ingleses (começando por Strachey) foram pelo lado oposto e sacralizaram o eu, chamando-o de Ego.

Na verdade, Freud fala do eu. Às vezes com o artigo ("o" eu) — o que implica uma certa objetivação; outras vezes, sem artigo, como pronome sujeito da primeira pessoa. Considerando Freud e seu uso do pronome sujeito, parece que existe um lugar de onde se originam as nossas ações, quem sabe também a nossa escrita, quem sabe o nosso gesto de escrever, e esse lugar não precisa existir só por uma reflexão sobre si mesmo.

Ou seja, o eu como agente subjetivo, para existir, não precisa ser produzido a partir de uma imagem de si mesmo.

O texto inaugural e capital de Lacan nessa matéria é "O estádio do espelho como formador da função do eu"[8] (em francês "*du Je*", pronome sujeito, e não "*du moi*", pronome complemento). Ou seja, Lacan se interroga sobre o que funda a instância subjetiva agente.

Agora, é curioso, porque, quando nós pensamos na "fase do espelho", geralmente pensamos o começo da formação de uma imagem reflexiva, de uma visão de nós mesmos. Mas Lacan sugere que é aí, na fase do espelho, que se origina o *je* sujeito, ou seja, que se origina nossa possibilidade de sermos "eu", sujeito dos verbos que dizem nossas ações (e não uma imagem no espelho da bruxa).

Para quem se pergunta o que é ser sujeito, a leitura do texto de Luciana é essencial. A questão é viva para a psicanálise pós-freudiana em geral (não só lacaniana ou de interesse lacaniano): o que é um agente subjetivo? (porque

---

[8] In Lacan, J. (1966/1998). *Escritos*. Rio de Janeiro: Jorge Zahar.

ragem de pedir uma análise a Lacan, foi ver Lacan para lhe pedir uma indicação, e isso era uma estratégia péssima. Lacan não dava indicações. Então se você ia lá e dizia "queria que você me recomendasse alguém", ele dizia "vou pensar" e nunca mais entrava em contato. E isso, até você dizer "desculpe, eu não quero indicação nenhuma, é com você que eu quero me analisar". O fato é que isso não aconteceu. Barthes voltou várias vezes, Lacan nunca o encaminhou para ninguém, e a análise de Barthes não aconteceu. No entanto, Lacan lhe disse uma coisa, que Barthes me relatou: "O amor é uma patologia, a análise não cura isso; a única coisa que você pode esperar recorrendo à análise é que, talvez, depois de uma análise, isso, de se apaixonar, aconteça com menos frequência."

O que eu acho totalmente sensato.

Luciana é uma leitora atenta e apaixonada do texto barthesiano. Ela sabe que, pela escritura fragmentada, Barthes consegue esquecer a continuidade do sujeito: ou seja, ele inventa uma subjetividade feita de momentos.

Agora, Barthes nunca cultivou um heroísmo da escritura, nunca procurou se perder como autor e como sujeito numa escritura, digamos, extrema. Ele deixava esse esporte para autores muito diferentes dele, mas que ele defendia, como Philippe Sollers ou outros de *Tel Quel*. Barthes era capaz de comentá-los, e foi graças a ele que esses autores se tornaram objetos de estudo da academia mundo afora. Todo mundo os citava e comentava, e quase ninguém aguentava lê-los. Nem Barthes, aliás.

Barthes gostava de ler Chateaubriand. O que sempre achei surpreendente. Mas era isso que estava na sua mesa de cabeceira. E, provavelmente, quando ele projetava seu romance, que ele nunca se aventurou a escrever, era em Chateaubriand que ele pensava.

Roland Barthes por Roland Barthes, de alguma forma, é um romance, *Fragmentos de um discurso amoroso* também é um romance. Mas, quando Barthes pensa em seu projeto de romance, ele sonha com um romance clássico.

Engraçado, aliás, que ele escolhesse Chateaubriand, que, além do mais, é um escritor com ideias. Contrariamente a Proust. Não sei se Luciana gosta de Nabokov. Suponho que sim.

Pois bem, Nabokov acha que Gorki, Balzac e Thomas Mann são péssimos porque são escritores que têm ideias. Nabokov acha, por exemplo, que em *Morte em Veneza*,[7] quando chegam as ideias, a coisa se torna entediante de morrer...; aliás, deve ser por isso que o cara morre na praia... de tanto pensar.

[7] Mann, T. (1903/2011). *Morte em Veneza*. Rio de Janeiro: Nova Fronteira.

Schwyzerdütsch (ou seja, o alemão da Suíça). Em Schwyzerdütsch, *gut* ("bom" em alemão) se torna *guet*. Leclaire dizia que isso também acontece no Oberland vienês, pode ser.

Libus, atraído pelo suposto alemão da primeira palavra, eu entendia que tinha a ver com *lieben* (amar) e eu traduzia a frase: "é bom amar". *Hombres*, por alguma razão misteriosa, ao meu ouvido, parecia ser espanhol. E o resultado final era "É bom amar os homens" e eu, imediatamente, pensava: "aham... homossexualidade".

Leclaire, que estava numa veia bem diferente, respondia: "Mas por que seria em espanhol? O 'h' de *hombres* é mudo. Por que não se trataria simplesmente de *ombre* em italiano ou *sombres* em francês?

A tradução final seria, então, "é bom amar as sombras'" — as sombras que vêm do além, as sombras dos mortos.

Enfim, outro fragmento, mas não de sonho.

Aqueles eram os anos em que Barthes descobria ou inventava, de alguma forma, os fragmentos — os anos de *S/Z*,[4] o seminário de Barthes sobre *Sarrasine*, de Balzac. Eram os anos também dos *Fragmentos de um discurso amoroso* e, logo, os anos de *Roland Barthes por Roland Barthes*,[5] a autobiografia de Barthes em fragmentos.

Meu primeiro contato com os *Fragmentos de um discurso amoroso*[6] foi com a versão oral, ou seja, na apresentação do texto ao grande seminário (o seminário aberto) de Barthes.

O texto nasceu, assim ele mesmo reconhecia, de um grande sofrimento amoroso. O que era um pouco curioso, aliás, pois a razão desse sofrimento, além de ser um xará de Barthes, estava presente no seminário. Barthes mostrava pouco seus afetos, até porque sabia que os afetos são mais efeitos do que causa da literatura que os ilustra. Não era difícil constatar, aliás, que os fragmentos sobre o amor serviam para evitar uma narração contínua que teria produzido um romance de sofrimento amoroso, agudizado pela próprio fato de contar a história. Enquanto o uso dos fragmentos talvez constituísse uma espécie de cura, uma maneira de ele se desfazer da patologia amorosa, no sentido de se desfazer de tudo o que tem de narcisista na vivência amorosa.

Naquele ano, Barthes fez uma consulta com Lacan sobre a questão do seu sofrimento amoroso. Foi um desencontro notável, porque Barthes não teve a co-

---

[4] Barthes, R. (1970). *S/Z*. Lisboa: Edições 70.
[5] Barthes, R. (1975/2003). *Roland Barthes por Roland Barthes*. São Paulo: Estação Liberdade.
[6] Barthes, R. (1977/2003). *Fragmentos de um discurso amoroso*. São Paulo: Martins Fontes.

uma frase tipo "a relação entre algumas formas do discurso e o complexo de castração" — que cobre praticamente qualquer coisa que você queira.

OK, sejamos sinceros: o autor presumido de *Mourir d'Écrire* era eu.

Falando em algo para ser renunciado ou morto, a leitura do texto de Luciana me evocou imediatamente o fato de que a minha primeira análise foi literalmente assombrada pela presença de uma criança que precisava ser morta. Eu me analisei com Serge Leclaire, e eram os anos em que ele pensava e escrevia *Mata-se uma criança*.[3]

Era uma necessidade para conseguir viver: encontrar a criança maravilhosa escondida no nosso âmago e, enfim, matá-la, ou seja, acabar com a estátua (ou a boneca) inventada pelo narcisismo dos pais.

Essa era a tarefa do processo analítico e do processo da escritura. Agora, uma descoberta que eu fiz naqueles anos foi que a criança maravilhosa, ídolo do narcisismo dos pais, que se trataria de encontrar e de matar, de fato já é uma criança morta. É uma espécie de natimorto. Podemos querer matá-la para viver. Mas, primeiro, ela já é um cadáver e, segundo, seu cadáver é fadado a continuar entre nós sempre, porque é dele que aprendemos a gozar.

O horizonte do gozo da gente, no seu sentido mesmo mais estupidamente trivial, é aquela criança morta, ou seja, aquela criança que teria sido realmente o objeto perfeitamente adequado do desejo dos pais. Aprendemos a gozar na ilusão de sermos um cadáver manipulado: um boneco ou uma boneca nas mãos do Outro cujas expectativas, por uma vez, nós preencheríamos perfeitamente.

Quando um analista é tomado por um tema, como era o caso de Leclaire naqueles anos, ele orienta as suas análises muito mais do que parece.

De novo em homenagem à coragem e à generosidade de Luciana, vou contar um sonho meu daqueles anos, que também não tem nada de misterioso, porque Leclaire o apresentou num número da *Nouvelle Revue de Psychanalyse* sobre *Le Secret*.

Era um sonho justamente de palavras, declamadas e ritmadas, de palavras vocalizadas. Era um sonho em línguas, ou seja, numa espécie de glossolalia. O sonho dizia só três palavras: *Guet libus hombres*.

Naquela época, eu era casado com uma suíça-alemã, cuja lembrança ainda me encanta. A gente esquiava na Engadina e em Gstaad, lugares onde se fala

---

[3] Leclaire, S. (1975/1977). *Mata-se uma criança. Um ensaio sobre o narcisismo primário e a pulsão de morte*. Rio de Janeiro: Jorge Zahar.

forma, o número de sessões era apenas um indicador: o processo, como disse, era de tempo integral — dia e noite: a gente só dormia na esperança de que um sonho trouxesse novo material.

Naquela época se falava muito em escritura. Talvez a escritura fosse para nós, nos anos 1970, o equivalente do sonho para as vanguardas dos anos 1930: um caminho privilegiado para encontrar nossa subjetividade além da unidade "ilusória" de nossas imagens corporais e de nosso "eu" (*moi*).

Idealizávamos a fragmentação do corpo e esperávamos que a escritura devolvesse à nossa subjetividade a mesma agilidade quebrada da *street dance do b-boying* (que, aliás, nascia naqueles anos 1970).

No mesmo movimento, idealizávamos a loucura. Claro, a reforma psiquiátrica estava acontecendo, e passar um fim de semana em *La Borde*, com os esquizofrênicos, funcionava como um retiro espiritual. Mas não era só isso: havia a sensação de termos ao menos planejado viver com menos recalque (isso, ao longo dos anos 1960), e agora queríamos um novo modelo de experiência subjetiva, diferente da neurose. O *Anti-Édipo*[1] chegou bem na hora, em 1972.

Uma coisa era clara: um novo modelo de experiência subjetiva pedia a renúncia ao "eu" (*moi*) e à sua sustentação supostamente narcisista — assim como antigamente era preciso renunciar ao demônio e às suas obras.

Tínhamos, pelo "eu" (*moi*) ou Ego que fosse, um verdadeiro rancor *a priori*. Digo que era a priori porque, de fato, no máximo, a gente lia *O ego e os mecanismos de defesa*,[2] de Anna Freud — por dever, e pronto. Em Paris, nos anos 1970, ninguém lia os psicólogos do Ego: Rappaport, Hartmann, Kris, Löwenstein. E ninguém conhecia a psicologia do self de Kohut. E é uma pena: sobretudo Kohut poderia ter nos ajudado na empreitada de matar o narcisismo...

Esperávamos esse "progresso" da análise e da escritura, porque, claro, seria uma escritura sem autor, como teria dito Foucault. Ou seja, seria um processo em que, escrevendo, a gente se suicidaria como autor.

Para ter uma ideia do clima, em 1972, quando eu entrei no pequeno seminário de Roland Barthes (que reunia os orientandos que preparavam sua tese com ele), na primeira sessão, cada um anunciava o seu título, e alguém anunciou sua ambição de escrever uma tese que se chamaria *Mourir d'Écrire* (Morrer de escrever). A escolha era quase cafona, até porque acabava de sair um filme, de André Cayatte, que se chamava *Mourir d'Aimer* (Morrer de amar). Barthes, que era uma pessoa sábia, decidiu que a descrição no *fichier central des thèses* seria

[1] Deleuze, G. (1972/2010). *O anti-Édipo: capitalismo e esquizofrenia*. São Paulo: Editora 34.
[2] Freud, A. (1946/2006). *O ego e os mecanismos de defesa*. Porto Alegre: Artmed.

LUCIANA ESCREVE DE SUA ANÁLISE

Contardo Calligaris

Luciana escreve de sua análise. Cuidado, ela não escreve "sobre" sua análise. Ela escreve "de lá" como a gente manda uma carta "de" Paris ou de Roma. Para escrever desse lugar é preciso ter coragem e ter uma disposição especialmente generosa.

A generosidade e a coragem de Luciana merecem uma resposta de analisando — nem de professor, nem de analista.

Não vai ser difícil para mim porque, para alguém da minha geração, que se analisou e se formou (ou deformou) na França nos anos 1970, o texto de Luciana é *vintage* e tem um charme propriamente nostálgico. As referências escolhidas por ela são textos, que, naquela época, assombravam as conversas da gente em *La Coupole* ou em qualquer café da *Place Saint-Germain*.

O próprio problema da escritura é um problema *vintage*. Não que tenha sido resolvido de uma maneira ou de outra — ou que tenha deixado de ser agudo.

Mas o fato é que, lendo o texto de Luciana, eu me senti transportado, levado de volta à época da minha primeira análise, da minha formação, naqueles anos parisienses muito especiais.

Qualquer leitor de Molière sabe que Paris é desde sempre a pátria da conversa. Agora, a conversa parisiense dos anos 1970 era ainda outra coisa, porque parecia que todo mundo estivesse se analisando a tempo integral.

Os cafés de Paris tinham um pouco a mesma função do que os cafés de Viena onde os analisandos de Freud se encontravam para comer uma fatia de *sachertorte* depois das sessões. Parecia que, no fundo, ninguém tinha nada para fazer a não ser se analisar. De fato, tínhamos coisas para fazer como estudar, escrever (ou tentar escrever), atender e ensinar; mas isso era quase um *hobby*. O que realmente importava era se analisar e pensar nisso.

Aliás, eu lamento essa época, de todos os pontos de vistas. Perdemos, por muitas razões (algumas logísticas, ninguém mais tem tempo para isso), a capacidade de produzir e fazer análises com a intensidade daqueles dias.

Em Paris, em geral, eram três ou quatro sessões por semana. No caso de Freud, eram seis sessões por semana, e Freud se queixava de que, a retomada de segunda-feira era difícil, porque a máquina estava enferrujada. De qualquer

I'll take that drink now. I'm beginning to feel satisfied, and that always makes me thirsty.

(*Leviathan*, Paul Auster)

PARTE II
ESCRITA

EU NÃO SEI ESCREVER, 47
"A infância é coisa, coisa?", 48
ESCRIÇÕES, 49
O carinho pela sala de espera, 50
"Eu era como eles, antes de ser como eu"
(ou "o instante de ver"), 51
A SALA AO LADO (ou "o tempo para compreender"), 52
"Isso me ajuda, já que a mim também devo atribuir
um começo" (ou, "o momento de concluir"), 53
"Isto é uma aventura sentimental", 55
CINCO PARA O MEIO-DIA, 56
Uma voz vinda de outro lugar, 57
"Mas o amor nos torna inventivos", 58
"Por que teria um sexo, eu que não tenho mais nariz", 59
"A escrita é precisamente esse compromisso entre
uma liberdade e uma lembrança.", 60
"O sentido do passado nasce de objetos-já", 61
NÃO SÃO MAIS CINCO-PARA-O-MESMO-DIA, 62
CIÚMES, 63
"O que é que salva você?", 64
ADEUS ADEUSES, 65
NÃO SEI SE ACONTECEU OU NÃO ACONTECEU, MAS
FOI PRECISAMENTE CINCO-PARA-O-MEIO-DIA, 66
Terça-feira ou "Pela primeira vez senti o
envelhecimento como uma sabotagem", 67
A VIDA (É) DO OUTRO, 69
"We accept her, one of us", 70
Para saber o que *isso* significa, não procure o que isso *significa.*, 71
"Did I ever leave you?" "You let me go", 72

CONCLUSÃO

PORQUE NEM TUDO É AZUL E DOCE, 77

REFERÊNCIAS BIBLIOGRÁFICAS, 78

SOBRE A AUTORA, 79

SUMÁRIO

Luciana escreve de sua análise, 11
Contardo Calligaris

PARTE I
AUTORIA

SOBRE A DUPLICIDADE, 23
A MORTA, 24
SOBRE NOMES, 25
"Encontrei-me diante desse silêncio inarticulado", 27
São seus olhos, 28
"Tarefa curiosa essa de ter que falar de si.", 29
"Para Luciana. Alegre e viva na angústia.", 30
"O medo de não encontrar as palavras
convenientes lhe colava os lábios", 32
"A paz das 'belas adormecidas'", 33
"É ainda uma outra novela, talvez a mesma", 34
"Sua existência aos olhos de Alan era sua
única existência verdadeira", 35
F E M I N I L I D A D E, 36
"Desde que nomeio, sou nomeado: fico preso na
rivalidade dos nomes.", 37
"A vida é diferente do que se escreve.", 38
Estou velha, 39
Pas de deux, 40
"O sol brilhava, sem alternativa, sobre o nada de novo", 41
VIDAMORTE, 42
VAMOS VOLTAR A FALAR DE MORTE?, 43
FALTA(RÁ) O TÍTULO, 44

Para Lucila, minha irmã.

Copyright © 2016
Luciana K. P. Salum

Copyright © desta edição
Editora Iluminuras Ltda.

Capa e projeto gráfico
Eder Cardoso / Iluminuras

Fotos da autora
Tainá Frota

Ilustrações
Gabriela Nóe

Revisão
Bruno D'Abruzzo

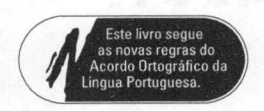

CIP-BRASIL. CATALOGAÇÃO NA PUBLICAÇÃO
SINDICATO NACIONAL DOS EDITORES DE LIVROS, RJ
S172f

Salum, Luciana K. P.
Fragmentos : sobre o que se escreve de uma psicanálise /
Luciana K. P. Salum. - 1. ed., - São Paulo : Iluminuras, 2016.
160 p. ; 23 cm.

ISBN 978-85-7321-507-6

1. Psicanálise. I. Título.

16-33918
CDD: 150.1952
CDU: 159.964.2

2018
EDITORA ILUMINURAS LTDA.
Rua Inácio Pereira da Rocha, 389 - 05432-011 - São Paulo - SP - Brasil
Tel./Fax: 55 11 3031-6161
iluminuras@iluminuras.com.br
www.iluminuras.com.br

LUCIANA K. P. SALUM

FRAGMENTOS

SOBRE O QUE
SE ESCREVE
DE UMA
PSICANÁLISE

APRESENTAÇÃO
CONTARDO CALLIGARIS

ILUMINURAS

FRAGMENTOS

SOBRE O QUE SE ESCREVE DE UMA PSICANÁLISE